IM WESTEN NICHTS NEUES

西线无战事

［德］埃里希·雷马克 著
［英］缪尔黑德·博恩 绘

钟皓楠 译

江苏凤凰文艺出版社
JIANGSU PHOENIX LITERATURE AND
ART PUBLISHING

图书在版编目（CIP）数据

西线无战事：插图珍藏版 /（德）埃里希·雷马克著；（英）缪尔黑德·博恩绘；钟皓楠译. -- 南京：江苏凤凰文艺出版社，2025.6（2025.11重印）.
ISBN 978-7-5594-9441-2

Ⅰ. I516.45

中国国家版本馆CIP数据核字第2025Y2H400号

西线无战事：插图珍藏版

［德］埃里希·雷马克 著　　［英］缪尔黑德·博恩 绘　　钟皓楠 译

策　　划	尚　飞
责任编辑	曹　波
特约编辑	冯少伟　刘　巍
装帧设计	墨白空间·杨　阳
责任印制	杨　丹
出版发行	江苏凤凰文艺出版社
	南京市中央路165号，邮编：210009
网　　址	http://www.jswenyi.com
印　　刷	河北中科印刷科技发展有限公司
开　　本	880毫米×1230毫米　1/32
印　　张	8.5
字　　数	120千字
版　　次	2025年6月第1版
印　　次	2025年11月第2次印刷
书　　号	ISBN 978-7-5594-9441-2
定　　价	68.00元

江苏凤凰文艺版图书凡印刷、装订错误，可向出版社调换，联系电话025-83280257

本书既不是一份控诉,
也不是一份自白。
仅仅是想要
讲述被战争摧毁的这一代人——
即使他们躲过了榴弹。

1

我们刚来到距离前线九公里的地方，昨天才被换防下来，现在腹中塞满了白豆煮牛肉，吃得饱饱的，心里也很满足。甚至在傍晚，每个人都能分到一大碗饭菜，还有双倍的香肠和面包——这就足够了。这种事情已经很久没有过了：脸颊红得像番茄一样的炊事员直接把食物端给我们，向每个经过的人挥一下他的勺子，再给装上一大勺饭菜。他已经手忙脚乱了，因为他不知道该怎么清空这个战地厨房里的所有炖菜。恰登和穆勒都装满了好几大盆的食物，准备以后吃。恰登是出于贪吃，穆勒则是因为未雨绸缪。恰登也真是奇怪，他一直瘦得就像一条鲱鱼。

但最重要的是也给我们发了双倍的香烟。每个人有十支雪茄、二十支香烟和两盒嚼烟，这可真是奢侈。我用我的嚼烟和卡钦斯基换了他的香烟，这样我就有四十支香烟了。足够抽上一整天。

其实所有这些赠礼原本都不属于我们。普鲁士人可没有这么慷慨。我们只能感谢他们犯了一个错误。

两个星期以前，我们不得不去前线换防。那个地方相当平静，所以军需官在我们回来那天准备了全连一百五十个人的正常物资。但刚好在最后一天，我们遭到猛烈的炮火突袭，英国人的炮兵不断轰炸我们的阵地。我们伤亡惨重，只有八十几个人回来了。

我们连夜撤离，一回到营地就立刻睡着了。卡钦斯基说得对：战争也没有那么糟糕，只要能多睡睡觉就好了。在前线的时候，情况可不是这样，每次要待的两个星期都非常漫长。

我们中间的第一批人爬出营房的时候，已经是中午了。半个小时以后，大家就都拿起了自己的饭碗，我们聚集在散发着油腻气味但又有营养的炖肉前面。排在最前面的当然是最饥饿的那些人：小阿尔伯特·克洛普，他是我们中间头脑最精明的，所以是二等兵，——穆勒·V，他还带着学校里的课本，梦想着参加考试，在轰炸的炮火里背着物理定律，——利尔，蓄着络腮胡，非常热衷于谈论军人妓院里的女孩，他信誓旦旦地说，她们接待军人的时候应当穿丝绸衬衣，接待上尉以上的客人之前应当洗个澡，——第四个就是我，保罗·博伊默尔。我们四个都是十九岁，我们是同班同学，一起来参加战争。

紧跟在后面的是我们的朋友恰登，他是一位瘦削的钳工，和我们一样大，是连队里的大胃王。他坐下来吃饭的时候还很纤细，等到站起来的时候就胖得像一只怀了孕的臭虫，——然后是海伊·威斯特胡斯，也和我们一样大，是一个泥煤工人，可以轻轻松松地把一整块面包握在手里，然后问我们：猜猜看，我手里握着什么东西？——德特林，他是个农场主，满脑子都是自己的庄园和自己的妻子，——最后是斯坦尼斯劳斯·卡钦斯基，他是我们的小组长，顽强、狡猾又机灵，今年四十岁，有一张土黄色

的脸孔、一双蓝色的眼睛和一对溜肩，他的嗅觉非常神奇，能够辨认出有炮火味道的空气、美味的食物和轻松的差事。

我们的小组排在战地厨房的最前列。我们开始有点不耐烦了，因为那个炊事员还一直站在那里等着，根本不知道发生了什么事。终于，卡钦斯基对他喊道："把汤勺拿起来吧，海因里希！我们都看到了，白豆已经煮熟了。"

炊事员困倦地摇了摇头："得等所有人到齐。"

恰登咧嘴笑了："我们已经到齐了。"

炊事员还是没有察觉到有什么不对："怎么可能！其他人呢？"

"他们今天不用你操心了！他们都在战地医院或者是集体墓地里。"

炊事员听到这个事实，受到了打击。他动摇了："可是我做了一百五十个人的饭。"

克洛普捅了捅他的肋骨："那么我们终于能够吃上一顿饱饭了。快点，开饭吧！"

突然之间，恰登灵光一闪。他老鼠一样尖尖的脸开始闪出兴奋的光芒，眼睛狡黠地眯了起来，面颊抽搐着，他靠近了炊事员："伙计，这么说，你也准备了一百五十个人的面包，对吗？"

炊事员茫然而又漫不经心地点了点头。

恰登扯住他的外套："还有香肠？"

那个红番茄脑袋又点了点头。

恰登的下颌在颤抖："还有烟草？"

"对,所有这些都是。"

恰登目光灼灼地环顾着四下:"天哪,你真是一头猪!这么一来,所有东西都是我们的了!每个人能得到——等一下——事实上,每个人都刚好能够得到双倍的东西!"

但现在那个番茄脑袋又清醒了过来,他解释道:"这样不行。"

这时候我们也开始激动了,都挤上前去。

"为什么这样就不行呢,你这个胡萝卜脑袋?"卡钦斯基问道。

"因为给一百五十个人准备的东西不能给八十个人。"

"我们会向你证明可以这样做的。"穆勒嘟哝着说。

"饭菜我无所谓,但军粮我只能发八十个人的。"番茄脑袋坚持道。

卡钦斯基生气了:"你肯定也去换过防,不是吗?你拿到的东西不是给八十个人的,而是给二连的,这就完事了。你得把东西发给我们!我们就是二连。"

我们开始推挤这个家伙。我们都受不了他了,他已经犯过好几次错误了,比如让我们在战壕里吃饭吃得太晚,饭菜都冷掉了、结冰了,因为他不敢端着锅靠近炮火喧天的地方,所以我们这边负责取食物的人不得不比其他连队的人多走上一大段路。一连的布尔克就好多了。尽管他胖得像一只正在过冬的仓鼠,但是他可以亲自端着锅,尽其所能地走到最前线。

我们正是情绪上来的时候,要不是连长来了,肯定会闹出事情来。他询问了我们的争执是怎么回事,暂时只说了一句:"是的,我们昨天的损失非常惨重——"

然后他看了看锅里。"白豆看起来不错。"

番茄脑袋点了点头。"用油脂和肉煮的。"

中尉注视着我们。他知道我们正在想什么。以前他也总是能够明白我们的想法,因为他就是在我们中间成长起来的,从下士一直做到了连长。他再一次把锅盖从锅上拿开,闻了闻。走的时候,他说:"也给我送满满一盘过来。军粮就都分掉吧。我们可能会需要这些东西。"

番茄脑袋傻眼了。恰登在他身边手舞足蹈。

"你也没有任何损失!你这样搞,好像所有的军粮都是你的一样。现在开始吧,你这个老贪吃鬼,别再搞错了——"

"你给我住嘴!"番茄脑袋嘶声说道。他已经气炸了,这种事情有违他的理智。他已经无法再理解这个世界了。好像是为了向我们显示他已经不在乎了,他又自觉地给每个人多发了半磅人造蜂蜜。

*

今天真是个好日子。甚至连邮件都寄到了,几乎每个人都收到了几封信和几张报纸。现在大家慢慢地走到营房后面的草坪上。克洛普臂下夹着一个圆圆的植物黄油桶的盖子。

在草坪右侧的边缘，有人建了一个有屋顶的公共厕所，非常结实，但是只有还没学会物尽其用的新兵才会用这个厕所。我们有更好的方法，到处散落的小箱子就是用来干这个的。它们有四个角，很干净，完全是用木头精工细作的，四周密封，是一个无可挑剔的、非常舒服的座位。侧面还装了手柄，可以到处挪动。

我们将三个箱子挪到一起，围成一圈，舒适地坐下。这一坐，就一定要坐至少两个小时才会再站起来。

我还记得，一开始我们还是军营里的新兵，不得不使用公共厕所的时候有多尴尬。那里没有门，二十个男人肩并肩地坐着，就像在火车上一样。所有人都一览无遗，——士兵本来也应该一直受到监视。

我们在这段时间里学到的东西远远不止于克服这种小小的羞耻心。随着时间的流逝，我们习惯了许多比这糟得多的事情。

在户外解决个人问题简直成了一种享受。我不知道，我们之前为什么会对这种事情感到那么羞愧，这就像吃饭喝水一样自然。也许我们本来也不需要对此大做文章，如果它没有在生活中扮演这么重要的角色，又要以全新的方式将它解决——其他的事情我们早就觉得自然而然了。

对士兵而言，肠胃是比其他人更值得信赖的领域。他四分之三的词汇都取自这个领域，无论是表达无上的喜悦，还是表达至深的挫败，都能在这里找到自己内核的底色。任何其他领域的表达都不可能如此直接，如此清晰。如果我们回到家里，我们的家人、我们的教师肯定会对此大吃一惊，但在这里，这几乎成了一种通行语言。

对我们来说，这件事情因为它强制的公开性而重新变得天然且无罪。不仅如此，它对我们来说是那么自然而然，对我来说，能够舒适地解决这件事情的重要性不亚于拿到一手战无不胜的好牌。将各种各样的闲话称为"厕所谣言"并非毫无根据，这个地方的确是军营里的闲话大厅和聚会场所。

在那一瞬间，我们的感受胜过了在铺有洁白瓷砖的豪华卫生间里的感受。在那里只不过是卫生，在这里却是美好。

这真是一段不需要做任何思考的完美时光。我们头顶上是湛蓝的天空。在地平线上，悬挂着明亮的黄色侦查气球和高射炮喷射出来的白色小云朵。有时候，炮弹就像飞梭一样高高起飞，追逐着飞机。

我们听着前线低沉的炮火轰鸣声，那就像一场非常遥远的雷阵雨。蜜蜂飞过的鸣叫声就能够掩盖炮火的声音。

我们周围是一片鲜花盛开的草坪。草地上柔嫩的蓓蕾摇曳着，白蝴蝶陶醉地飞舞，在暮夏柔和的暖风中飘摇着，我们读信，看报纸，抽烟，把帽子摘下来放在我们身边，风轻轻地抚弄着我们的头发，抚弄着我们的语言和思想。

三只箱子放在一丛熠熠生辉的红色虞美人中间。——我们把植物黄油桶的盖子放在膝盖上，这样就有了一张不错的牌桌。克洛普随身带了纸牌。每个人都输光了一轮以后，再来上一场二对三，简直可以一直这么坐下去。

手风琴的声音从营地那边传了过来。有时候，我们会放下纸牌，彼此对视。然后有一个人会说："伙计们，伙计们——"，或者说："那一次差点出了大事——"，然后我们就立刻陷入沉默。我们的心中有一种强烈的压抑感，每个人都能感受得到，不需要多说。很有可能，我们今天就没有办法坐在我们的箱子上了，这种可能性非常大。因此一切都显得新鲜而又浓烈——鲜红的虞美人和美味的食物，香烟和夏日的风。

克洛普问："你们有人看到过克梅里希吗？"

"他正躺在圣约瑟夫医院里。"我说。

穆勒觉得，他的大腿被子弹打穿了，那是一张不错的返乡通行证。

我们决定下午去看望他。

克洛普拿出一封信来。"我要替康托雷克向你们问好。"

我们大笑。穆勒扔掉了他的香烟，说道："我真希望他在这里。"

*

康托雷克是我们班的老师，是一个严厉的小个子男人，穿着灰色的长大衣，长着一张尖细的老鼠脸。他的身材和"克洛斯特贝格的魔鬼"下士西莫尔斯托斯差不多。说来好笑,世界上的不幸经常由矮小的人制造,他们比那些身材高大的人更精力充沛,更令人忍无可忍。我一直小心着不要被分到那些由矮小的连长带领的部队里,他们大多是可恶的混蛋。

康托雷克不断对我们进行长篇大论的说教,直到我们整个班级都在他的带领之下,去了地区指挥部报名参军。我眼前依然会浮现出他的样子,透过眼镜,目光灼灼地盯着我们,用具有感染力的声音问道:"你们都会去的吧,同志们?"

这些教育者经常把他们的感情装在上衣口袋里,然后随时把它拿出来取用。但那个时候,我们自己并没有疑心。

尽管如此,我们中间还是有一个人犹豫了,不想一起去。那就是约瑟夫·贝姆,一个肥胖、友善的年轻人。但他最终还是被说服了,他没有办法坚持下去。也许还有更多的人和他有着一样的想法,但没有人可以坚守决心,因为在那个时候,甚至连你的父母都有可能立刻对你说出"懦夫"这个词。那个时候,人们还不知道即将到来的是什么。最理智的其实是那些贫穷和头脑简单的人,他们认为战争是一种不幸,而那些生活条件更好的人却为之欢呼,尽管他们本该更清楚战争的后果。

卡钦斯基声称,这都是因为教育,教育带来了愚昧。卡钦这么说是经过了深思熟虑。

奇怪的是,贝姆是第一批阵亡的人。他在一次冲锋中被击中了双眼,我们以为他已经死了,就把他留在了原地。不过本来也没有办法把他带回来,因为我们也不得不仓皇撤退。但是在下午,我们突然听到他在喊叫,看到他在外面爬来爬去。他只是失去了意识。因为什么也看不见,又因为疼痛而差点疯了,他没有办法找到掩体,所以我们还来不及去把他救回来,他就被打死了。

我们当然不会把这件事与康托雷克联系在一起,——如果我们将这也称为罪恶,那么这个世界又算什么呢。我们这里有成千上万个康托雷克,他们都坚信自己在以力所能及的方式做着伟大的事。

这正是他们不再受到我们信任的原因。

他们应该作为领路人,将我们这些十八岁的少年介绍给这个成人的世界,引导我们走向工作、责任、文化和进步的世界,走向未来。我们有时候嘲讽他们,和他们玩玩恶作剧,但我们从心底信任他们。他们代表着"权威"这个概念,在我们的头脑里,他们就和更出色的洞察力与更富有人性的知识绑定在了一起。但我们看到的第一位死者就击垮了这种信任。我们不得不承认,我们这代人比他们更诚实,他们只在修辞和狡诈这两方面胜过了我们。第一阵炮火就证明了我们的错误,他们教授给我们的那种世界观也随之崩裂。

当他们还在写作和演讲的时候,我们已经见识过了战地医院和垂死挣扎的人们,当他们将为国捐躯称为最伟大的事业的时候,我们已经知道了对死亡的恐惧比以前更强烈了。但正因为如此，我们才不会成为叛乱者，不会成为逃兵和懦夫——所有这些词他们都信手拈来。我们和他们一样热爱我们的家乡，我们在每一次进攻的时候都勇往直前，但我们现在已经不一样了，我们突然学会了观察。我们看到他们的世界已经悉数崩塌。我们突然陷入了可怕的孤独，而且不得不一直深陷在孤独之中。

*

在动身去看望克梅里希之前，我们把他的东西打包了起来，他很可能会在路上用得上。

战地医院里的人们都非常忙碌，那里永远散发着石炭酸的气味、伤口化脓的味道和汗味。我们已经在营房里习惯了一些气味，但这里的气味还是能让人感到衰弱无力。我们询问克梅里希在哪里，他躺在一个大病房里，迎接我们的时候，他衰弱地表现出了喜悦和无助的激动。在他昏迷不醒的时候，有人偷走了他的怀表。

穆勒摇了摇头："我一直都跟你说，你不应该随身带着这么好的表。"

穆勒有点傻乎乎的，而且太有正义感了。否则他应该知道管好嘴巴，因为人人都能够看出来，克梅里希再也走不出这间病房了。他能否找回他的怀表，也是无关紧要的事情了，我们最多能把这块表寄到他的家里去。

"你怎么样，弗兰茨？"克洛普问道。

克梅里希低下了头。"还可以——只是我的脚太他妈疼了。"

我们看向他的被子。他的腿架在一个铁筐上面，上面的被子高高地隆起来。我踢了踢穆勒的小腿，不然的话，他早就把我们在外面从卫生员那里听到的消息告诉克梅里希了：克梅里希已经没有脚了。那条腿已经被截肢了。

他看起来很可怕，面色蜡黄，脸上已经出现了之前没有的纹路，我们非常了解这种纹路，因为已经见过了几百次。那实际上不是纹路，更像是一种征兆。在皮肤之下，已经不再有生命的脉动。生命已经被挤到了身体的边缘，死亡正在那里运作，它已经主宰了这双眼睛。我们的战友克梅里希躺在那里，不久之前，他还在和我们一起烤马肉，蹲在弹坑里，他还是那个他，却又已经不再是那个他，他的形象变得模糊而不确定，就像一张冲洗了两次的照片底片。就连他的声音听起来也像灰烬一般沙哑无声。

我想起了我们出发上前线的时候。他的母亲是一位善良的胖妇人，送他去火车站。她一直在哭，整张脸都哭肿了。克梅里希为此感到害羞，因为她是所有人里面最不镇定的，简直流溢成了一摊油脂与水。这时候她看见了我，就用力拽住我的手臂，恳求我在外面照顾照顾弗兰茨。无论如何，他确实有一张童稚的脸孔，骨骼也显得柔软，在背着行军囊行军一个月以后就成了扁平足。但是在战场上，我怎么能够照顾别人呢！

"你现在就能回家了，"克洛普说，"如果要等休假，你至少还得等上三四个月。"

克梅里希点了点头。我没有办法凝神注视他白蜡一样的双手。那些指甲下面还有战壕里的灰尘，呈现出蓝黑色，就像一种毒药。我突然想到，在克梅里希停止呼吸以后，这些指甲还会继续生长，在很久以后继续生长，像幽灵一样在墓穴里生长。我眼前浮现出一幅场景：它们卷曲成开酒瓶的螺丝刀，不断地生长，还有他的头发，从慢慢开裂的颅骨上面生长，就像肥沃土壤上的青草，就像青草，这怎么可能呢——？

穆勒躬下腰："我们把你的东西带过来了，弗兰茨。"

克梅里希用手指了指："放在床下面吧。"

穆勒照办了。克梅里希又开始谈论那块怀表。我们该怎么安慰他，才能不让他起疑心呢？

穆勒站起来的时候拎着一双军靴。那是一双漂亮的英国鞋，用柔软的黄色皮革做成，长至膝盖，鞋带从下至上紧紧系着，那真是一件能够激发我们贪欲的东西。穆勒看到它就激动了起来，他拿着那双靴子的底部和自己笨重的鞋子比了比，然后问道："那么，你想要带上这双靴子吗，弗兰茨？"

我们三个人想的都一样：即使他恢复健康，他也只能穿一只靴子了，那么这双靴子对他来说就没有什么价值了。但是现在把靴子留在这里就太可惜了，——因为他一死，卫生员肯定就会立刻把它卷走。

穆勒重复道："你不想把它留在这里吧？"

克梅里希不想。这是他最好的东西了。

"我们可以用别的东西交换，"穆勒再次提议道，"我们在前线需要这种东西。"但克梅里希毫不动摇。

我踩了踩穆勒的脚，他犹豫着，把那双美丽的靴子放回了床底下。

我们又聊了几句，然后和他告别。"多保重，弗兰茨。"

我向他保证明天还会再来看他。穆勒也这么说，他心里想着那双系带靴子，因此想要过来看着它。

克梅里希呻吟了一声，他正在发烧。我们在外面拦住了一个卫生员，告诉他要给克梅里希打一针。

他拒绝了："如果我们给所有人打吗啡，那么我们肯定需要几大桶——"

"你只为军官服务。"克洛普咬牙切齿地说道。

我立刻去调解，马上就给卫生员递了一根香烟。他接过去，然后我问道："你真的不能这么做吗？"

他有点受到了侮辱："如果你们不信你们刚才问我的话——"

我又往他手里塞了几根香烟："给我们行行方便——"

"那么，好吧。"他说。克洛普跟着他走了进去，他不信任这个卫生员，想要在旁边看着。我们在外面等着。

穆勒又开始说那双靴子。"它特别合我的脚。这双旧鞋已经把我的脚磨出了一层又一层水泡。你觉得他能坚持到明天早晨值班的来吗？如果他在晚上就死了，那我们就会眼看着那双靴子——"

阿尔伯特又回来了。"你们怎么觉得——？"他问道。

"完了。"穆勒肯定地说道。

我们回到我们的营房。我想到明天必须得给克梅里希的母亲写一封信。我不寒而栗,想要喝上几口。穆勒拔了几根草,嚼来嚼去。小克洛普突然把香烟扔掉,疯狂地踩着烟头,环顾四下,用一副困惑又烦恼的神情吞吞吐吐地说:"该死的狗屎,这些该死的狗屎。"

我们继续走,走了很长时间。克洛普平静了下来,我们知道是怎么回事,那就是在前线常有的头脑一热,谁都有过这种时候。

穆勒问他:"康托雷克给你写的信里到底说了什么？"

他大笑道:"我们是钢铁青年。"

我们三个都气愤地笑了。克洛普咒骂着,为自己还能够说话感到高兴。——是的,他们就是这样想的,他们就是这样想的,成千上万个康托雷克！钢铁青年。青年！我们还不满二十岁。但年轻？青年？那是很久以前的事了。我们已经是老人了。

2

想到在家里，在书桌的一个抽屉里放着一本刚写完开头的戏剧《扫罗》和一沓诗稿，我就感觉非常奇怪。我在这些事上耗费了许多个夜晚，我们所有人几乎都做过类似的事情，但是这一切对我来说变得那么不真实，我已经不能清楚地回忆起当时的自己了。

我们自从来到这里，就和以前的生活一刀两断了，其实我们什么也没有做。我们有时候试着掌握情况，为这件事情找出某种解释，可是从来没有真正地实现这一点。对我们这些二十来岁的人来说，对克洛普、穆勒、利尔和我来说，对我们这些被康托雷克称为钢铁青年的人来说，一切都变得异常含糊。年纪更大的人都和他们的过去紧密相连，他们有土地，有妻子和孩子，有职业和兴趣，一切都是那么强大，战争没有办法将它们撕碎。可我们这些二十来岁的人只有我们的父母，有些人也许还有一个姑娘。这并不算多——因为在我们这个年纪，父母的力量是最微弱的，姑娘们也无法成为最重要的因素。除此之外，已经不剩下什么东西了，也就是一时的头脑发热、一些业余爱好和学校的课业，我们的生活还没有来得及接触其他的事物。而这些东西都不复存在了。

康托雷克可能会说，我们正站立在生活的门槛上。的确是这样，我们还没有扎下根来，战争已经将我们席卷。对其他人来说，对其他年龄更大的人来说，战争是一次休止，他们可以思考战后的事情。但我们却被战争抓住了，不知道最后会是什么样。我们只知道眼前的事情，也就是说，我们在以一种奇特而且痛苦的方式变得野蛮，即使我们从未因此感到过悲痛。

*

尽管穆勒想要占有克梅里希的靴子，但他并不因此就不如别人有同情心，那些人只是因为痛苦而不敢想这种事情。他只是知道把不同的情感分割开来。如果那双靴子还能对克梅里希有所帮助，那穆勒宁可赤着脚跑过带刺的铁丝网，也不会大费周章地想着要怎么才能得到它。但眼下那双靴子已经没有办法帮上克梅里希的忙了，穆勒还可以好好地利用它。克梅里希会死去，谁得到它都一样。为什么穆勒就不能得到它呢，他的确比那个卫生员更有权利得到！如果克梅里希已经去世了，那就太迟了。因此穆勒从现在就开始留心。

我们已经失去了对其他关系的感受能力，因为这些关系都太造作了。对我们来说，只有事实才是正确的和重要的。做工良好的靴子太少见了。

*

以前可不是这样。我们去地区指挥部报道的时候，还只是一个班级的二十来岁的年轻人，有些人在进兵营之前，还一起第一次高兴地去刮了脸。我们对未来没有什么固定的计划，只有几个人已经以实际的方式，坚决地思考过自己的事业和职业，甚至还有生活的方式，——因此我们心中充满了游移不定的理想，这使我们眼睛里的生活和战争蒙上了一层理想主义和几乎是浪漫主义的色彩。

我们经过了十个星期的军事训练，在这段时间里发生的改变胜过了在学校里的十年。我们学到，一颗擦得闪亮的纽扣比四卷叔本华的著作更重要。我们起初感到震惊，然后觉得苦涩，最终无动于衷地承认，起到决定性作用的不是精神，而是鞋刷；不是思想，而是系统；不是自由，而是操练。我们怀着热情与善良的意志成为士兵，但是人们做的一切事情都是为了矫正我们的行为。三个星期以后，我们就不再无法理解，一位有军衔的传令兵的权力比我们的父母、我们的教育者以及从柏拉图到歌德的全部文化缔造者曾经拥有过的权力还要高。我们用年轻的、警醒的双眼看到，我们的老师对"祖国"的典型定义，在这里已经变成了对个性的抹杀，人们甚至不敢这么对待最卑微的奴仆。敬礼、立正、行军、举枪致敬、向右转、向左转、立定、咒骂以及成千上万次的刁难：我们之前没有想到，自己的任务就是这样，觉得我们好像是要被这种英雄主义训练成马戏团里的小丑。但我们很快就习惯了。我们甚至理解了，这些事情里有一部分是必要的，也有一部分是多余的。士兵对这些事情有着灵敏的嗅觉。

*

我们班以三四个人为一组打乱，编进不同的排里，和弗里西亚地区①的渔民、农民、工人和手工匠人混编在一起，迅速地和他们成了朋友。克洛普、穆勒、克梅里希和我被分到了九排，排长是西莫尔斯托斯下士。

他属于兵营里最残忍的混蛋之一，还以此为傲。他是一个矮小、敦实的家伙，已经当了十二年兵，蓄着狐狸一样向上卷的胡髭，在和平时期曾担任邮差。他特别针对克洛普、恰登、威斯特胡斯和我，因为观察到了我们静默的反抗。

有一天早晨，我给他铺了十四次床。他总是能挑出什么问题，然后把被子扯开。我干了二十个小时——当然中间也有休息——把一双石头一样硬的破旧靴子搓洗得像黄油一样柔软，就连西莫尔斯托斯自己也挑不出问题，——我还曾经遵循他的命令，用牙刷把整个排的房间洗刷干净，——克洛普和我曾经拿着扫把和簸箕清理营房院子里的积雪，如果不是一位少尉刚好出现在那

---

① 德国北部滨海地区，与荷兰接壤，有自己独特的语言和文化。——译者注（如无特别说明，本书脚注均为译者注）

里，把我们打发走，并且怒斥了西莫尔斯托斯一番，我们就得一直干到冻僵为止。可惜，这件事情的后果是西莫尔斯托斯更生我们的气了。有整整一个月的星期天我都被要求站岗，还要整理内务，——我曾经全副武装，拿着步枪，在松软、潮湿的翻耕过的田地里练习"起立，前进，前进"和"卧倒"，直到累成一摊烂泥，精神也崩溃了。西莫尔斯托斯要求我四个小时以后就得穿着无可挑剔的制服出现，尽管我的手还在流血，——我曾经和克洛普、威斯特胡斯、恰登不戴手套，在最寒冷的霜冻天气里练习了一刻钟"立正"，赤裸的手指握着冰冷的步枪，西莫尔斯托斯默默地监视着我们，等到我们稍微动一动，就开始斥责我们，——我曾经在夜半两点钟只穿衬衫，从营房楼上跑到院子里，跑了八次，就因为在那块每个人必须放置好自己东西的木板上，我的内裤突出了几厘米。除此之外，在处理勤务的时候，下士西莫尔斯托斯还总是跑在我的身边，踩我的脚趾，——我在练习刺刀的时候总是不得不和西莫尔斯托斯对决，我拿着沉重的铁器，他却拿着称手的木枪，所以轻而易举地就把我的手臂打得又红又紫。无论如何，有一次我还是突然发了火，盲目地向他冲了过去，撞到了他的肚子，把他摔倒了。当他想要抱怨的时候，连长就开始嘲笑他，然后说，他应该自己留点心才是。他了解自己的下属西莫尔斯托斯，似乎也喜欢看他扫兴而归。——我被迫训练出了完美的攀爬更衣柜的技能，——我也逐渐成为下蹲大师，——我们以前只要听到他的声音就会颤抖，但这匹越来越狂野的驿马没有办法轻轻松松地战胜我们。

星期天，克洛普和我在营地里抬着便桶，拖着步子穿过练兵场。西莫尔斯托斯穿得干净整洁，准备出去，正好从我们旁边走过。他停在我们身边，问我们喜不喜欢这项工作，我们注意到了他，但还是绊了一下，把粪便洒到了他的腿上。他暴跳如雷，但我们也已经忍无可忍。

"关禁闭！"他喊道。

克洛普受够了。"在那之前会有一次调查，那我们就全部打包报告。"他说道。

"你在用什么语气和一位下士讲话？"西莫尔斯托斯咆哮道，"你疯了吗？你等着他们来问你吧！你想要干什么？"

"把下士先生的事迹打包报告！"克洛普说，手指贴住裤缝。①

西莫尔斯托斯这时才意识到是怎么回事，一句话没说就走了。他消失之前，还扯着嗓子吼道"我会报复你们的"，——但是他的权力已经丧失了。他又一次试图让我们在翻耕过的耕地里练习"卧倒"和"起立，前进，前进"。我们尽管听从他的命令，因为命令就是命令，必须执行。但我们做得非常慢，西莫尔斯托斯已经无计可施。我们舒服地膝行着，然后用手臂撑着前进，这时候他已经发了火，下了另一道命令。我们还没有出汗，他的声音就喊哑了。

---

① 属于军中敬礼的一种姿势，此处有阴阳怪气的意思。

然后他就放过了我们，尽管还是骂我们猪狗不如，但口气中多少带着一点尊敬了。

还有许多正派的排长，他们比较理智，正派人甚至占了大多数。但是他们每个人都想要尽可能久地保住这份好差事，所以只能严厉地对待新兵。

我们可能在这段时间里进行了所有能在练兵场上进行的训练，经常气得号叫起来。有人因此生了病，沃尔夫甚至得肺炎去世了。但我们如果表现出一点怯懦，就会被人嘲笑。我们变得坚韧、多疑、冷酷、记仇又粗糙——这是好事，因为我们缺的就是这些。如果没有这段训练的时间，就被直接派到战壕里，那么我们中间的大多数人有可能会发疯。只有像现在这样，我们对将要发生的事才有所准备。

我们没有崩溃，我们适应了。我们二十来岁的年纪经常给自己带来困难，却在这个时候帮到了我们。但最重要的是，在我们心中，有一种坚固、务实的团结精神成长了起来，这是战争带来的精神，也是在战场上最能起到鼓舞作用的精神：战友精神！

*

我坐在克梅里希的床边。他越来越衰弱了。我们周围很喧闹，一辆医院的车开了过来，一些可以被转移走的伤员被挑了出来。医生从克梅里希的床边走了过去，甚至都没有看他一眼。

"下一次就轮到你了,弗兰茨。"我说。

他用肘部把自己从枕头上撑起来:"他们给我截肢了。"

这么说,他现在也知道了。我点了点头,回答说:"开心点,你这样就可以回家了。"

他沉默不语。

我继续说道:"也有可能一下失去两条腿,弗兰茨。魏格勒失去了右手臂。这更糟糕。而且你现在也可以回家了。"

他注视着我:"你这么觉得吗?"

"当然。"

他重复了一遍:"你这么觉得吗?"

"肯定是,弗兰茨。你只是刚做完手术,还需要休养一下。"

他示意我靠近一点。我向他弯下身来,他低语道:"我不信。"

"别胡说八道,弗兰茨,几天以后你自己就看明白了。这能算什么大事:一条腿截肢,其他的伤员也在这里得到了很好的治疗。"

他把一只手高高举起来。"你看一看,我的手指。"

"这是因为动了手术。你只需要好好吃饭,然后就会恢复的。你们的伙食好吗?"

他指了指还盛有一半饭菜的碗。我开始激动了。"弗兰茨,你一定得吃点东西。吃东西是头等大事,而且这里的伙食还不错。"

他回绝了我。在片刻的沉默之后,他慢慢说道:"我以前想当个守林人。"

"你以后也可以当,"我安慰他,"现在有做工很好的假肢,装上以后，你根本不会觉得你少了一条腿。假肢直接装在肌肉上。如果是义手，手指还能活动和工作，甚至还能写字。而且，总是会有越来越多的发明的。"

他静静地躺了一会儿，然后说："你可以把我的系带靴子带给穆勒。"

我点了点头，思考着还能说什么鼓舞的话。他的双唇惨白，嘴显得更大了，牙齿突了出来，好像是石灰做的。肌肉销蚀了，额头凸出得更厉害了，颧骨高耸着，骨骼呼之欲出，双眼已经深陷。几个小时内他就会死。

他不是我见过的第一个这样的人，但我们是一起长大的，因此总是有些不同。我抄过他的作业。他在学校里经常穿一件有腰带的褐色西装，袖口已经磨白了。他也是我们中间唯一一个可以在单杠上做大回环的人。当他做大回环的时候，头发就像丝绸一样飘在他的脸上。康托雷克因此为他感到骄傲。但是他不能闻烟味。他的皮肤异常白皙，像一个少女。

我瞥了一眼自己的靴子。它们又大又笨重，裤子塞在里面。站起来的时候，宽松的裤管让人显得孔武有力。但是当我们去洗澡，把衣服脱下来的时候，我们突然又显露出了瘦弱的双腿和瘦削的双肩。于是我们不再是士兵，几乎还是少年，人们也不会相信我们可以拖着行军囊前进。我们赤身裸体的那一瞬间真是奇怪，因为我们自己也觉得回到了和平时期的状态。

弗兰茨·克梅里希在洗澡的时候看起来又瘦又小，就像一个孩子。现在他躺在这里,为了什么?就应该让整个世界的人都来这张病床前面,然后说:这就是弗兰茨·克梅里希,十九岁半,他还不想死。别让他死!

我的思绪变得混乱。石炭酸和烧伤的气味胀满了肺部,那是一种怠惰的糨糊,令人窒息。

天黑了。克梅里希脸色泛白,他把自己从枕头上撑起来,脸色白得发光,嘴微微蠕动着。我凑了过去,他低语道:"如果你们找到了我的怀表,就给我寄到家里。"

我没有反驳他。已经没有用了,我已经没有办法说服他了。我心里充满了痛苦的无助感。他的前额突出,太阳穴已经深陷,嘴里的牙齿凸出,鼻子也变得尖削!还有那位在家里哭泣的胖妇人,我不得不给她写信。真希望我已经把这件事情做完了。

战地医院的助手拿着瓶瓶罐罐跑来跑去。有一个人走了过来,仔细地看了一眼克梅里希,又走开了。看得出来,他很可能正需要用这张床。

我靠近弗兰茨,和他说了几句话,好像这样就能拯救他:"也许你会去克洛斯特贝格那边的疗养院,弗兰茨,住在别墅里。透过窗子望见大片的田野,两侧的地平线上都是树林。现在是景色最美的季节,稻谷成熟了,傍晚的时候,田野在夕阳之下就像珠母贝一样。还有克洛斯特河边的白杨林荫道,我们以前在那条河里抓过刺鱼!你可以搞个鱼缸养鱼,你可以出门,不用问任何人,如果你愿意,甚至可以弹钢琴。"

我弯腰看着他笼罩在阴影里的脸。他还在轻轻地呼吸。他的脸一片湿润,他哭了。因为我非常不理智地说了这些蠢话!

"但是弗兰茨,"——我抱住他的双肩,把我的脸贴到他的脸上,"你现在想睡觉吗?"他没有回答,泪水从他的双颊滑落。我想要擦干泪水,但是我的手帕太脏了。

一个小时过去了。我紧张地坐着,观察着他的所有表情,他也许还想要说点什么,如果他能开口大喊就好了!但他只是哭泣,头倒向一侧。他没有提自己的母亲和兄弟姐妹,他什么也没有说,一切都已经被他抛在了身后,——他现在孤身一人,与他十九年的短暂生命一起哭泣着,因为这段生命正在抛弃他。

这是我亲眼见过的最艰难、最令人手足无措的告别,尽管蒂德耶那一次也很糟糕,他喊着他的母亲,一个强壮如熊的男人,睁大惊恐的眼睛盯着医生,用刺刀威胁他远离自己的病床,直到突然倒下。

克梅里希突然呻吟了一声,开始发出呼噜呼噜的喉音。

我跳起来,跌跌撞撞地跑出去,问道:"医生在哪里?医生在哪里?"

我一看到白大褂,就抓紧了那个人。"您快来,弗兰茨·克梅里希就要死了。"

他挣脱了我,问一个站在旁边的助手:"哪一个?"

他说:"26床,大腿截肢。"

医生气得大喊:"这我怎么知道,我今天截掉五条腿了。"然后他把我推开，对助手说："你去看看。"然后就向着手术室跑过去。

我愤怒地颤抖起来，跟着卫生员一路走着。那个人注视着我，说道："一台手术接着一台手术，从早晨五点就开始了——简直疯了，我跟你说，今天就死了十六个人——你说的那个是第十七个。可能总共会死二十多个——"

我感到很虚弱，突然无法再坚持下去了。我也不想再责骂他了，这毫无意义，我想躺下来，再也不站起来。

我们来到克梅里希的床前。他死了。面孔依然湿漉漉的。双眼半睁着，眼白黄得就像一颗用旧了的黄铜纽扣。

卫生员戳了戳我的肋骨："你把他的东西拿走吗？"

我点了点头。

他继续说："我们必须马上把他抬走，我们需要这张病床。外面的人已经躺在走廊地板上了。"

我拿走东西，取下了克梅里希的身份牌。卫生员问起他的军人证，它不在那里。我说有可能在文书室，然后走了。他们跟在我身后，将弗兰茨拖到一块帆布上面。

站在门口，我感觉黑暗与狂风就是一种解脱。我尽可能地大口呼吸，感觉到脸颊上的风从未如此温暖和轻柔。关于少女，关于鲜花盛开的草场和白云的念头突然从我的脑中飞掠而过。我的双脚穿着靴子，迈步向前，我走得越来越快，后来跑了起来。几个士兵从我身边经过，他们的交谈令我激动，尽管我没有听明白他们在说什么。大地涌起一股力量，经由脚底涌进我的体内。夜

晚发出电火一样的噼啪声，前线雷雨般的沉闷炮声就像打击乐的音乐会。我的四肢灵活地移动着，我感到自己的关节非常强韧，我大口喘着气，发出哼哼的声音。夜晚活着，我也活着。我感觉到了饥饿，一种更甚于仅仅来自胃里的饥饿。

穆勒站在营房前面等着我，我把靴子交给他。我们走了进去，他试了试靴子，非常合适。

他翻着自己的储备，给了我一大根腊肠，然后又给了我一杯加了朗姆酒的热茶。

3

我们等到了增援。空缺的人数被填满了,军营里的稻草床垫也很快被占满了。他们有一部分是老兵,也有二十五个从新兵营派来的年轻人,大概比我们小一岁。克洛普推了推我:"你看见那些孩子了吗?"

我点了点头。我们昂头挺胸地站在院子里刮胡子,双手插在裤袋里,看到那些新兵,觉得自己已经是化石级别的军人了。

卡钦斯基加入了我们。我们慢慢经过马房,走向那些正在领防毒面具和咖啡的增员。卡钦问其中那个最年轻的:"你们很久没吃过什么正经东西了,是吧?"

他苦着脸:"早晨芜菁面包,中午芜菁炖菜,晚上芜菁排骨和芜菁沙拉。"①

卡钦斯基吹了一声非常专业的口哨:"用芜菁代替面包?那你们可真幸运,他们已经开始用锯末做面包了。但是你觉得白豆怎么样,想来一勺吗?"

年轻人脸红了:"你不需要嘲弄我。"

---

① 此处的面包、炖菜和排骨都是想象,意思就是只有芜菁。

卡钦斯基只回答了一句："拿上你的碗。"

我们好奇地跟了上去。他把我们带到他的稻草床垫旁边的一个桶那里，里面实际上装了半桶白豆炖牛肉。卡钦斯基像将军一样站在前面说道："眼要疾，手要快！这就是普鲁士人的口号。"

我们大吃一惊，我问："天哪，卡钦，你是怎么弄到这个的？"

"我拿走这些东西的时候，番茄脑袋还很高兴。我给了他三块降落伞的绸布做交换。好吧，白豆冷下来以后的味道也无可挑剔。"

他慷慨地给了那个年轻人一份，然后说道："下次你再带着饭碗来这里的时候，你左手要拿一根雪茄或者一块嚼烟。明白吗？"

然后他转身看着我们："你们也得这样。"

*

卡钦斯基是个必不可少的人，因为他有着某种第六感。这种人到处都有，但在一开始总是没有人发现他们。每个连队里都有一两个这样的人。卡钦斯基是我见过的最精明的。我猜他的职业是鞋匠，但这不是重点，重点是他什么手工活都会做，和他做朋友是一件好事。我们，克洛普和我是他的朋友，还有海伊·威斯特胡斯也算半个朋友。无论如何，海伊更像是一个执行者，因为如果遇上需要卖力气的事情，他就在卡钦的命令下做事。在这方面，他有自己的出色之处。

比如说，我们在晚上来到一个完全陌生的地方，那是一个阴郁的栖居地，立刻就能看出来，除了墙壁，所有东西都被洗劫一空。军营驻扎在一家小小的、漆黑的工厂，营地刚刚建立起来。里面有床，或者说只是床架，几根用铁丝网绑在一起的木条。铁丝网很硬。我们没有什么东西可以垫在上面，一条被子只能用来盖。帐篷布又太薄了。

卡钦看了看这些东西，对海伊·威斯特胡斯说："跟我来一下。"他们出发了，虽然对这个地方完全不熟悉。半个小时以后他们就回来了，怀里满满地抱着堆得高高的稻草。卡钦找到了一个马房，因此有了稻草。如果不是实在饥饿难耐，我们现在就可以暖暖和和地睡上一觉了。

克洛普问一个在这里驻扎了很久的炮兵："这里有食堂吗？"

他大笑说："这里有什么！这里什么都没有。你连一块面包皮都找不到。"

"所以这里已经没有居民了？"

他啐了一口："的确有，也就几个。但他们自己也是看到锅灶就围上去讨饭。"

这真是一件坏事。我们不得不勒紧裤腰带，一直等到明天的补给送到。

但是我看到卡钦戴上了帽子，于是问他："你要去哪里，卡钦？"

"就是在附近看看。"他慢慢走出去。

那个炮兵咧开嘴嘲讽地笑了："有人要去看看！别因为拿太

重的东西伤到腰。"

我们失望地躺下,思考着要不要啃点应急配给品。但是这样做太危险了,所以我们试图闭上眼睛睡觉。

克洛普掰断了一根香烟,给了我一半。恰登开始讲他的家乡名菜,大豆炖肥肉,他诅咒没有香薄荷的菜。最重要的是,人们应该把所有东西放在一起炖,看在上帝的分上,千万不要把土豆、大豆和肥肉分开。有人开始嘟囔,说如果恰登不马上闭嘴,就把他加工成香薄荷。偌大的房间便突然安静了下来。只有几支蜡烛的火焰在玻璃瓶口跳闪着,炮兵时不时吐一口痰。

我们眯了一会儿,这时门开了,卡钦走了进来。我觉得我是在做梦:他双臂下面夹了两条面包,手里拎着一沙袋血淋淋的马肉。

炮兵嘴里的烟斗都掉到了地上。他摸了摸面包:"千真万确,真正的面包,还是温热的。"

卡钦没有再说什么。他反正已经拿到了面包,其他的就都无所谓了。我深信,就算把他派到沙漠里,他也能在一个小时之内弄到一顿有沙枣、烤肉和红酒的晚餐。

他简短地对海伊说道:"砍柴。"

然后他从外衣下面拿出一只煎锅,又拿出一把盐,甚至还从口袋里拿出一块猪油,——他什么都想到了。海伊在地板上生起火来。火焰在荒冷的厂房里噼啪作响。我们从床上爬起来。

那个炮兵也动摇了。他在想他到底配不配吃这些东西,也许他也能饱饱口福。但卡钦斯基根本就没有看他一眼,他对卡钦来说就是空气。于是他咒骂着跑开了。

卡钦知道该怎么把马肉煎得软嫩。不能直接放到锅里煎,这样会变硬。在煎之前必须用一点水煮一下。我们拿着餐刀蹲成一圈,把肚子都填满了。

这就是卡钦。如果在某个地方,一年中只有一个小时的时间可以用来找食物,他也会在这个小时里像受到神启一样,戴上帽子走出去,像一个罗盘,径直走过去,找到食物。

他什么都能够找到,——如果天气冷,他能找到小型的炉子和火柴、干草和稻草、桌子和椅子——但他最擅长的是找食物。他非常神秘,你甚至会相信他是凭空变出这些东西来的。他最辉煌的战绩是四只龙虾罐头。不过,我们宁可要一块牛排。

*

我们在营地有太阳的一侧待着,可以闻到沥青、夏天和汗脚的气味。

卡钦坐在我身边,因为他很喜欢聊天。我们今天下午练习了一个小时的敬礼,因为恰登对一位少校敬礼的时候显得漫不经心。卡钦脑子里总忘不了这件事。他说:"相信我,我们会输掉战争,因为我们敬礼敬得太好了。"

克洛普像鹤一样迈着大步走过来,两脚光着,裤子卷了起来。他把洗过的袜子放在草地上晾晒。卡钦望着天空,放了个响屁,然后若有所思地说道:"每颗白豆都有不同的音调。"①

两个人开始争论。与此同时,他们为正在我们头顶进行的空中战斗赌一瓶啤酒。

卡钦坚持他的观点,他已经是前线的厚皮老兵了,又来了一句押韵的话:"平等地发钱,平等地吃饭,战争被遗忘。"②——与之相反,克洛普是个思想家。他提议说,宣战应该成为某种人民的节日,收门票,有音乐表演,就像斗兽一样。然后两国的部长和将军就必须在斗兽场上穿着泳裤,拿着棍棒,相互搏斗。谁活下来,谁的国家就取得胜利。这样更简单,也比让一群不该打仗的人进行战斗要好得多。

这个建议得到了大家的欢迎,然后话题就转向了军事操练。

我眼前闪过一幅画面:兵营里烈日炎炎的中午,暑气笼罩着练兵场,营房一片死寂,一切都在沉睡,只能听到远处的鼓声。他们在某个地方训练,手法笨拙、单调又麻木。这算什么三和弦:正午的暑热、营房和练习敲鼓的声音!

营房的窗子空旷又漆黑。外面挂着几条等待晒干的训练裤。人们满怀渴望地望着它们。房间里很清凉。

啊,那些阴暗的、发霉的练兵场营房,里面放着铁床架、方格床单、小橱柜和矮凳!即便这些东西也能够成为被渴望的目标。在前线,在这里,它们甚至闪烁着家的那种传奇般的余晖,

---

① 原文的"小豆子"(Böhnchen)和"小调"(Tönchen)押尾韵。
② 原文的"吃饭"(essen)和"遗忘"(vergessen)押尾韵。

那些充满了腐烂食物、睡眠、烟草和衣服气味的小房间！

卡钦斯基绘声绘色、满怀感动地描绘着它们。只要我们能够回到那里，我们还有什么不愿意放弃的！我们已经不敢再妄想更多的东西了——那些清早的指导课："98式步枪如何拆开？"那些下午的训练课"钢琴手出列。向右转。去厨房报到，削土豆皮。"

我们沉浸在回忆里。克洛普突然大笑起来，说道："在吕内①换车。"

这是我们的排长最喜欢的游戏。吕内是一个中转站。为了使我们在休假的时候不在那里迷路，西莫尔斯托斯让我们在营房里练习换车。我们要学会在吕内穿过一条地下通道，换上下一趟车。床被当作地道，每个人都站在左侧。然后命令下达："在吕内换车！"于是我们就像闪电一样爬进去，从床的另一侧爬出来。这个玩意儿，我们练过几个小时。——在这期间，德国的飞机被击落了。就像一颗彗星，拖着烟雾的尾巴下坠。克洛普因此输了一瓶啤酒，闷闷不乐地数着钱。

"西莫尔斯托斯当邮差的时候肯定是个很谦逊的人，"等到阿尔伯特·克洛普的失望情绪平息以后，我说道，"为什么他当下士的时候就这么混蛋？"

这个问题让克洛普又活跃了起来。"不仅仅西莫尔斯托斯是

---

① 吕内是一座位于德国西部的城市，属于现在的北莱茵-威斯特法伦州。

这样，许多其他人也是这样。他们一旦有了绶带和刺刀，就立刻变了个人，就好像吃了水泥一样。"

"这是制服的原因。"我猜道。

"差不多，"卡钦说，准备好发表一番宏论，"但是根本原因不是这个。你看，如果你训练一条狗吃土豆，然后你再给它一块肉，它还是会吃肉，因为这就是它的本性。如果你给一个人一点权力，他也会这样，他会抓住这点权力。这件事也很自然，因为人类首先是动物，然后也许才像抹了黄油的面包一样，装扮得体体面面。军队现在就建立在一些人永远对另一些人拥有权力的基础之上。糟糕的事情只是每个人的权力都太大了，一个下士可以折磨一个普通士兵，一个少尉可以折磨一个下士，一个上尉可以折磨一个少尉和一个下士，直到把他们折磨疯。他们因为知道这一点，所以也很快就习惯了。就拿最简单的事情来说：我们从练兵场回来，累成了狗。这时候来了道命令：唱歌！好吧，肯定是敷衍了事地唱一唱，但每个人都还算高兴，因为还可以拖着步枪慢慢走。这时候又让全连返回，再来一小时的惩罚训练。回来以后又说：唱歌！现在只能好好唱了。这一切到底有什么目的？连长要贯彻他脑子里想的事情，因为他有这个权力。没有人会来指责他，正相反，他会被视为严格的军官。这还只是一件小事，还有许多其他的虐待事件。现在我问你们：如果是和平时期，在什么职业里，他可以这么做还不被打断鼻子？他只能在军队里这么做！你们看，每个人脑子里都是这些东西！他在和平时期越是卑微，他脑子里就越是充满了这些东西。"

"也的确有人说，必须遵守纪律——"克洛普漫不经心地说道。

"他们啊，"卡钦斯基说，"总是能找到借口。也许是这样，但是不能刁难别人。你要让一个铁匠、一个用人或者一个工人弄清楚这些道理，只需要拿着火枪给他解释就行了，这里大多数人也都是从事的这些职业。只要他们来到了战场上，他们就会非常清楚是怎么回事。什么是有必要的，什么是没有必要的。我告诉你们，这些单纯的士兵可以坚持住，所有人都是这样！所有人都是！"

每个人都赞同这一点，因为每个人都知道，只有在战壕里才会停止训练，但在前线后面的几公里就又会开始训练，都是毫无意义的敬礼和列队行军。因为有一条铁律：士兵必须时刻准备着。

这时，恰登来了，脸颊通红。他非常激动，说起话来都有些结巴。他容光焕发、一字一顿地说道："西莫尔斯托斯在来这里的路上。他要上前线了。"

*

恰登特别仇恨西莫尔斯托斯，因为在营房里，他用非常恶毒的方式教育了恰登。恰登容易尿床，一到晚上，他就在睡梦中尿在床上。西莫尔斯托斯僵化而固执地断定这只是因为懒惰，他找了一种他觉得恰当的方法来治疗恰登。

他从附近的营房里找了另一个尿床的人，叫金德尔瓦特，和恰登睡在一起。军营里的床是典型的双层床，两张床正对着，床底是铁丝网做的。西莫尔斯托斯现在把两个人分配到一起，一个在下，一个在上。睡在下面的人当然满心恐惧。第二天晚上再调换，下面的去上面，这样就扯平了。这就是西莫尔斯托斯的"自我教育"。

这种做法很卑鄙，但想法不错。只可惜没有用，因为前提不对：两个人都绝不是因为懒惰。任何注意到他们苍白皮肤的人都能够明白。事情最后以两个人总有一人睡在地上而告终。这样很容易感冒。

这个时候，海伊坐到了我们身边。他向我眨着眼，思虑满满地摩挲着手掌。我们曾一起度过军队生活里最美好的一天，那是我们上前线的最后一晚。我们被编进一个番号很靠后的团里，要提前去兵器库领装备，但不是去新兵营，而是去另一个营地。第二天清早就要上战场了，所以我们准备在傍晚去找西莫尔斯托斯算账。我们几个星期以前就发誓要这么做了。克洛普甚至想得更长远，他想要在恢复和平以后去邮局工作，等西莫尔斯托斯再回来当邮差的时候，就当他的领导。他陶醉在教训他的幻想之中。正是因此，西莫尔斯托斯才没有办法轻松地征服我们。我们一直在心里想，战争结束前迟早要收拾收拾他。

我们现在想要狠狠地把他打上一顿。如果他认不出我们，那

我们又能有什么后果呢？何况我们明天一早就要走了。

我们知道他每天傍晚要去哪一家酒馆。从那里返回军营的时候，必须经过一条漆黑的、没有建筑的街道。我们潜伏在那里的一堆石头后面。我带了一条床单。我们因为满怀期待而颤抖着，不知道他是不是一个人。终于，听见了他的脚步声，我们已经非常熟悉这个声音了。每天早晨，他会把门踢开，大吼着"起立！"。

"一个人吗？"克洛普低语道。

"一个人！"我和恰登从石头堆两侧溜出来。

我们已经看到了皮带的闪光。西莫尔斯托斯似乎喝得很高兴，还在唱歌。他毫无知觉地走了过来。

我们抓紧床单，轻轻一跳，从后面蒙住了他的头，把床单拉下来，这样他就好像站在一个白布袋里面，双臂举不起来。歌声停止了。海伊·威斯特胡斯在最后一刻赶来。他伸展双臂，把我们推开，好让他先来。他兴致勃勃地摆好姿势，手臂抬得像信号杆，手像煤铲一样，握紧拳头打向那个白布袋，那股劲头简直可以打死一头公牛。

西莫尔斯托斯摔倒了，滚了五米远，开始咆哮。我们也料到了这一点，所以事先带上了枕头。海伊蹲下去，把枕头抵在膝盖上，蒙住了西莫尔斯托斯的头，然后用枕头按他。很快他的声音就被闷住了。海伊时不时地让他透口气，这时他喉咙里又发出响亮的号叫，然后又立刻变得微弱。

恰登解开了西莫尔斯托斯的裤带，脱下了他的裤子。他带着鞭子，紧紧地用牙咬着。然后他站起来，开始挥鞭。

这幅景象真是美妙：西莫尔斯托斯躺在地上，海伊弯腰对着他，用膝盖顶着他的头，脸上露出魔鬼般的狞笑，嘴巴因为快乐而大张着，那双被脱下裤子的 X 形腿，随着每一次鞭打引起条纹内裤里的一下颤抖，而恰登就像个不知疲倦的伐木工，我们最后不得不把他拉开，这样才能轮到我们也动几下手。

最终，海伊把西莫尔斯托斯又拽了起来，单独收拾了他。他做出了一个摘星般的夸张动作，然后用右手打了他一记耳光。西莫尔斯托斯倒在地上。海伊又把他扶起来，摆好位置，又打了他第二次，就和第一次一样用力，但是用左手打的。西莫尔斯托斯号叫着，四肢并用地落荒而逃。这个邮差带条纹的内裤在月光下闪闪发光。

我们小跑着消失了。

海伊再一次环顾着四下，用愤怒、满意又有些神秘的语气说道："复仇是血肠。"①——实际上，西莫尔斯托斯还应该庆幸，因为他的话"总得有一个人教育别人"在他自己身上结出了成果。我们都成了他这个理论的好学生。

他永远也无法得知这件事情应该归咎于谁了。但不管怎样，他赢得了一条床单，因为我们几个小时以后再去找的时候，床单就不见了。

---

① 原句出自莎士比亚《泰特斯·安德洛尼克斯》，"复仇是甜蜜的"。

那个傍晚成为我们第二天清早出发的动力。有个须髯随风飘荡的老人还因此称呼我们是英雄青年。

4

我们不得不去前线建筑防御工事。天黑的时候，卡车驶了过来。我们爬了上去。这是一个温暖的黄昏，暮光在我们看来就像一块幕布，我们在它的庇护之下感到非常舒适。它将我们联系在一起，就连吝啬的恰登也给了我一支香烟，给我点了火。

我们肩并肩地站着，紧挨在一起，没有人有坐下的地方。我们也没有坐着的习惯。穆勒终于有这么一次心情舒畅了，他穿上了新靴子。

马达嗡嗡作响，卡车发出咔吱咔嚓的声音。街道已经很破旧了，布满了孔洞。我们不能点灯，因此一路上都很颠簸，差点从车上摔下去。但我们已经不再因此感到不安了。还能发生什么呢，摔断一只手臂好过在腹部挨上一枪，有些人甚至对这种回家的好机会翘首以待。

我们旁边驶过一长串军用火车。火车开得匆匆忙忙，超过了我们。我们喊叫着和他们开玩笑，他们回应着我们。

已经可以看见一堵墙了，那是街边一座房屋的墙壁。我突然竖起了耳朵。我幻听了吗？我清清楚楚地听到了鹅叫。我瞥向卡钦斯基——他也瞥向我，我们很了解彼此。

"卡钦,我听见那边有个来我们煎锅应聘的——"

他点了点头:"能行,等我们回来的时候。我了解这一带。"

卡钦当然了解。他熟悉方圆二十公里内的每一条鹅腿。

卡车抵达了炮兵营地。针对敌机的防护带都是用灌木覆盖起来的,就像某种属于军人的住棚节。① 如果里面没有大炮,那这些叶片看起来真的令人愉快又平静。

空气中弥漫着硝烟和浓雾。舌头能够更清楚地尝到炮灰的烟味。炮弹齐发,我们的卡车摇晃起来,回声在身后咆哮,地动山摇。我们的脸色发生了微妙的改变。尽管我们不需要去战壕里,而是只建设防御工事,但现在每一张脸上都写着:这里是前线,我们来到了这个区域。

但是我们没有恐惧。我们这些经常上前线的人已经无动于衷了。只有年轻的新兵才会激动不安。卡钦教育他们:"那是30.5厘米口径的大炮。② 你们听到的是发射声音,——很快就是爆炸声音。"

但是沉闷的爆炸声音没有传过来。它淹没在了前线的喧天炮火之中。卡钦仔细听着:"今晚会有大轰炸。"

我们都仔细听着。前线非常不平静。克洛普说:"英国佬已经开火了。"

---

① 《圣经》中规定的犹太教三大节期之一,每年秋季开始,持续七天。
② 30.5厘米口径炮是当时的重型榴弹炮,在"一战"初期西线战场,德军全军一共只有八门这样的火炮。

开火的声音可以听得非常清楚。是英国炮兵,在我们右侧。他们将进攻提早了一个小时。以前总是十点钟准时向我们开火。

"他们在想什么呢,"穆勒喊道,"他们的钟走得太快了。"

"是大轰炸,我跟你们说,我从骨子里都能感觉得到。"卡钦耸了耸肩。

附近有三颗炮弹发出雷鸣,火光斜斜地射进迷雾,大炮轰鸣着,发出隆隆的声音。我们不寒而栗,但是又很高兴,因为明天一早就又能回到营地了。

我们的脸色并不比往常更苍白或更红润,也并不更紧张或更松懈,但还是有些不一样。我们感觉到,血液里的某个触点被接通了。这不是比喻,这是事实。是前线和对前线的意识触发了这种连接。在第一颗榴弹爆炸的那一瞬间,空气就被爆炸的弹药撕碎了,我们的血管、我们的手掌、我们的眼睛里就突然出现了某种被压抑着的期待,某种潜伏的东西,某种机敏的感官。身体随着爆炸声进入了全副武装。

我经常觉得,就好像是震荡的、颤动的空气以无声的颤抖将我们席卷。或者前线本身散发着一种电流,激活了未知的神经末梢。

每一次都是这样:我们出发的时候是沉闷或者心情舒畅的士兵,——随着第一声炮响,我们的所有话都有了弦外之音。

如果卡钦在营房前面说"是大轰炸——",那么那只是他的观点,然后就完了,——但如果他在这里说,那么这句话就像夜晚新月的弯刀,顺畅地刺穿了我们的思想,靠近前来,与我们体内苏醒的潜意识对话,用晦暗不明的意义说,"是大轰炸——"。也许这就是我们最内在、最隐秘的生活,正在颤抖着站起来抵抗。

*

对我来说,前线是一个可怕的漩涡。我即使远离它的中心,站在平静的水里,也已经能够感受到它的吸力了,缓慢又难以逃脱,做不了什么挣扎。

但是从大地上,从空气中,有一种持续的力量涌向我们,——不过主要是从大地上,没有任何人像士兵一样觉得大地有这么重要。当士兵贴着大地,长久又有力,当他在火焰中怀着对死亡的恐惧,将脸和四肢都深深地埋进大地里时,大地就是他唯一的朋友,是他的兄弟,是他的母亲,他对着缄默又包容的大地,呻吟着自己的恐惧与自己的呐喊,大地接纳它们,让他再跑上十秒,再活上十秒,然后再次捕捉他,如此往复。

大地——大地——大地!

大地,你的褶皱,你的洞穴与你的深渊,我们可以纵入其中,蹲在里面!大地,在战争的恐怖之中,在毁灭的喷发之中,在爆炸物的致死咆哮声中,你再一次赐给我们强大的生命力予以反击!疯狂的风暴几乎摧毁了生命,但生命经由我们的双手,从你那里涌流回来，因此我们这些获救的人埋在你的体内，怀着沉默的侥幸，在存活下来的那一分钟，用双唇咬住了你！

听到第一记榴弹爆炸的声音时，我们的生活就迅速地在某种程度上倒退了几千年。我们身上的动物本能苏醒了，它可以引导我们，保护我们。它不知道，它比意识更快、更保险也更不可或缺。没有办法解释这个。我们走来走去，什么也没有想，突然就扑倒在一个弹坑里，然后就有一个弹片从头顶擦过。但是我们记不清，是先听到了榴弹飞过来，还是自己更想要扑倒。如果人们失去了这种本能，他们早就成了一堆四分五裂的血肉。正因为如此，正是我们体内这种明察秋毫的预感推倒了我们，拯救了我们，而没有人知道为什么。如果不是这样的话，从佛兰德斯①到孚日山脉②将早已杳无人迹。

我们出发的时候是沉闷或者心情舒畅的士兵，——我们来到进入前线的领地，就成了人形兽。

*

我们穿过一片稀疏的树林，经过炮兵的厨房，在树林后面下了车。卡车又开了回去，明天早晨天亮的时候它还会再来接我们。

草坪上笼罩着齐胸高的雾霭与烟尘。月光明亮，街上有部队

---

① 处于比利时、法国、荷兰交界处的一个地区，有自己独特的语言。
② 法国东部山脉，与莱茵河并行，靠近德法边境。

在行进。钢制头盔在月光下发出微弱的反光。人头和步枪从白雾中显现出来，他们点着头，晃动着步枪。

再走下去，浓雾散了。那些人头又恢复了原本的形状，外套、裤子和靴子从雾中显现出来，像从牛奶池里浮上来一样。他们列成一队。队伍直线前进，身影重叠成一个楔子，再也认不出单个的人，只能看到一个楔子在前进，浮游在浓雾池塘上的人头和步枪闪着奇异的光芒。一个纵队，不是一个人。

从一条横穿的街道上驶来了装载轻型炮和弹药的马车。那些马的背脊在月光下闪闪发亮，它们动作非常优美，甩着头，可以看到它们目光灼灼的眼睛。大炮与马车从月光闪耀的背景里滑过，骑手戴着钢盔，看起来就像远古时期的骑士，有一种令人激动的美感。

我们跑向工兵场。有一部分人把尖尖的弯铁杆扛在肩上，有一部分人把光滑的铁棍插进铁丝网里，拖着铁丝网走。东西很重，令人很不舒服。

前面一直在报告："小心，左边有个很深的弹坑""注意，壕沟"。

我们的眼睛紧绷着，脚和棍子先去探路，然后才放下身体的重量。有一次，队伍突然停住了，——有一个人的脸撞到了前面那个人的铁丝网上面，于是开始大骂。几辆报废的卡车挡在了路上。来了一条新命令："熄灭香烟和烟斗。"——我们离战壕不远了。

这时，天色完全黑了下去。我们绕过一片小树林，然后看到了前线区域。

地平线上闪烁着一道游移的红光,从一端延伸到另一端。这道光芒不断地被炮口冒出来的火焰改变着。火球高高升起,银亮与鲜红的火球,炸成白色、绿色和红色的星星坠落下来。法国的照明弹射到了空中,一只降落伞在空中展开,慢慢飘动着降落下来。它们把四下照得亮如白昼,光芒一直照透了我们,可以看到自己的影子清晰地投在地上。飘了几分钟以后,它们就燃尽了。随即又升起了新的炮弹,天空再次出现绿色、红色和蓝色的光闪。

"真倒霉。"卡钦说。

雷雨般的炮弹火力越来越强,凝聚成一声低沉的轰响,然后又分成几组爆炸。机枪单调的齐发声音嗒嗒作响。我们头顶的空气里充满了看不见的狩猎声、号叫声、呼啸声与嘶叫声。这是更小的炮弹,——时不时也有巨大的"煤箱"①爆炸的管风琴一般的声音,沉重的弹片穿过夜色,远远落在我们身后。它们发出了嘶哑、遥远的呦呦声,就像求欢的牡鹿,高高地越过小炮弹的号叫与呼啸声。

探照灯开始彻查漆黑的天空。它们划过天空的样子就像一把把巨大的尺子,在末端变得更细。一道光线停下来,稍微颤抖一下。很快第二道光线就打了过去,它们交叉着,在它们中间有一只试图逃脱的漆黑色甲虫:那是一架飞机。它被击中了,迷失了方向,开始来回晃悠地摔下来。

---

① 原文"Kohlenkästen",本意是"煤箱",这里是士兵的俚语,指代重型炮弹。

*

我们把铁桩按照均等的距离结实地打进地里。总是有两个人抓着铁丝网,其他人将它展开。这种铁丝网很可恶,上面有密密麻麻的长刺。我还不习惯展开铁丝网的工作,所以划破了手。

几个小时以后,我们完成了工作,但是还要等卡车开过来。我们大多数人都躺下睡着了。我也试着睡觉,但晚上太冷了。我注意到我们已经靠近大海了,一睡着就会被冻醒。

有一段时间我也陷入了沉睡。然后我突然坐了起来,不知道自己到底在哪里。我看着星辰,看着炮弹,有一瞬间觉得自己在一座举办节庆活动的花园里睡着了。我不知道现在是清晨还是黄昏,躺在薄暮的苍白的摇篮里,等待着一定会到来的温柔的话语,温柔又可靠——我在哭吗?我按住我的眼睛,真奇怪,我还是个孩子吗?柔软的皮肤,——这只持续了几秒钟,然后我就认出了卡钦的侧影。这个老兵平静地坐在那里,抽着烟斗,当然是那种有盖子的烟斗。当他注意到我醒了的时候,他只是说了一句:"一定把你吓了一大跳。那只是个雷管,落到了那边的灌木丛里。"

我坐直了,感到异常地孤独。卡钦还在,真是太好了。他若有所思地望着前线说:"很美的烟火,就是太危险了。"

我们身后传来了爆炸声。几个新兵被吓得跳了起来。几分钟后,火花又闪了过来,比之前更靠近。卡钦把烟斗倒干净:"如果不是这么危险的话,倒是十分好看。"

炮击的确已经开始了。我们尽可能快地爬开。下一波射击已经波及我们。有人喊叫出来。绿色的炮弹从地平线上升了起来。土块高高飞起,弹片发出嗡鸣声。在炮火的喧嚣停止很久以后,还是可以听见炮弹的噼啪声音。

我们旁边躺着一个吓坏了的新兵,一个淡黄色头发的孩子。他用双手紧紧地捂着脸,钢盔滚落了。我抓住钢盔,想要再次戴到他的头上。他抬起头看了看,推开了钢盔,像个孩子一样,把头埋到了我的手臂下面,紧贴着我的胸膛。那双瘦削的肩头耸动着,就像克梅里希的肩头。

我任由他在这里待着。为了让钢盔至少能够发挥点作用,我把它扣在他的臀部,这不是恶作剧,而是认真考虑了,因为那是最高的位置。尽管那里的肉也很厚实,但被打到还是会经历可怕的疼痛,此外还不得不在战地医院趴着躺几个月,之后肯定还会跛脚。

某个地方传来了猛烈的爆炸声。在炮击声中可以听到有人尖叫。

最终一切都平静了下来。火焰飞过我们,落到了最后的后备战壕里。我们冒险瞥了一眼,红色的炮弹在空中飘闪,可能会有一场进攻。

我们这边依然平静。我坐起来,摇了摇那个新兵的双肩。"结束了,小伙子!这一次还不错。"

他惊慌地环顾四下。我劝说他:"你会习惯的。"

他找到了自己的钢盔,戴到了头上,慢慢地恢复了理智。突然之间,他的双颊变得火一样红,露出尴尬的表情。他小心翼翼地用手摸着臀部,痛苦地注视着我。我立刻明白了:这是因害怕炮击的失禁。我不是因为这个才把钢盔扣在那里的,——但我还是安慰着他:"这不是什么丢人的事情,很多人在经历第一次炮击以后也会拉裤子。去后面灌木丛那里把你的内裤丢掉。这就完了——"

*

他小跑着离开了。四下变得更安静了,但是尖叫声并没有停止。"怎么了,阿尔伯特?"我问道。

"那边那个小队有人受伤了。"

尖叫声还在持续。不是人类的声音,人类不可能叫得那么骇人。

卡钦说:"是受伤的马。"

我此前从未听过马的号叫声,几乎无法相信。这就是世界的哀鸣,是受到涂炭的生灵,是一种野蛮、恐怖的痛苦在呻吟。我们面色惨白。德特林站了起来:"混账,混账!应该把它们打死!"

他是个农场主,很喜欢马。马的叫声与他息息相关。好像是故意的,炮火的声音现在几乎消失了。动物的尖叫反而更加清晰。我们不知道,在现在这片寂静的、银光闪烁的风景里,这种声音来自何处,它看不见摸不着,像幽灵一样,却遍布四下,充斥在天地之间,涌起无边无际的风浪——德特林愤怒地咆哮着:"打死它们算了,打死它们算了,真该死!"

"他们肯定要先去救人。"卡钦说。

我们站起来,找寻那个位置。我们如果能看到那些动物,也许会感到更容易忍受一些。迈尔随身带着望远镜。我们看到一群穿着深色衣服的卫生员抬着担架,还有漆黑的、正在挪动的巨大的剪影。那就是受伤的马。但不是所有的马都受了伤。有几匹马还在继续跑,跌倒,又继续跑。有一匹马的腹部被打穿了,肠子长长地挂在外面。它被自己肠子绊住了,跌倒了,但又站了起来。

德特林高高举起步枪瞄准。卡钦把枪推上去:"你疯了吗——?"

德特林颤抖着把枪丢在地上。

我们坐下,用手捂住耳朵。但这惊人的哀怨、呻吟与悲鸣还是穿透了我们的耳朵,到处都是这样的声音。

我们几乎什么都可以忍受。但是在这里,我们流下了冷汗。我们想站起来跑开,无论跑去哪里,只是为了再也不要听到这种嘶喊声。这还不是人类的嘶喊,只是马的嘶喊罢了。

从一片昏暗之中,又抬出来了一些担架。然后又传来几声枪响。那个巨大的剪影耸动着,又跌倒了。终于!但还没有结束。人们无法靠近这些受伤的动物,它们惊恐地奔逃,所有的痛苦都体现在那些大张着的嘴里,有一个人影跪下来,一次射击——一匹马倒了下来,——又一次射击。最后一匹马前腿跪了下来,像旋转木马一样转着圈,用两条架得高高的前腿撑着自己转着圈,可能是它的后背中了好几枪。那个士兵跑过去,往下射击。它慢慢地、温柔地倒在了地上。

我们把手从耳朵上放下来。尖叫声停止了。现在空气中弥漫的只有长长的、渐渐消散的叹息声。然后炮弹和榴弹又开始歌唱,星星又显露了出来,——几乎令人觉得奇异。

德特林走开的时候咒骂着:"我真想知道它们有什么错。"他又走了回来。声音非常激动,听起来几乎有些庄严的意味,他说:"我告诉你们,最卑鄙的事情就是让动物参加战争。"

*

我们往回走。这个时候,来接我们的卡车应该到了。天空中流露出一丝破晓的迹象。这是凌晨三点钟。晨风清新而又冰冷,这个光线惨淡的时刻令我们面色发灰。

我们排成单列前进,穿过战壕和弹坑,又回到了浓雾地带。卡钦斯基有些不安,这不是什么好兆头。

"你怎么了,卡钦?"克洛普问道。

"我只希望我们能回家。"——回家,他指的是营房。

"没有多长时间了,卡钦。"

他表现得有些神经质："我不知道,我不知道。"

我们走进交通壕,然后走到草坪上。小树林浮现在眼前,我们熟悉这片土地的每一寸。因为那边的猎人公墓里已经有了一群耸立如山的黑色十字架。

在这一刻,我们身后响起了呼啸声,声音膨胀,然后爆裂,发出雷鸣。我们弯下身——前方一百米处升起了一团火焰云。

下一分钟,在第二次轰炸的时候,一片树林被炸得缓缓飞过了山顶,有三四棵树在风中航行,然后破裂成了碎片。就在这时,继续飞来的榴弹发出了锅炉阀门一样的声音——迅猛的火力。

"隐蔽!"有人咆哮着,"隐蔽——"

草地一马平川,森林又太遥远,也太危险了,——除了墓地和堆成山的坟墓,没有任何其他掩体,每个人都粘在一座坟墓背后。

做准备永远不嫌早。黑暗变得疯狂,它波动着、震荡着。比夜晚更黑的黑暗以巨大的背脊冲向我们,席卷了我们。爆炸的火光在墓地上空飘闪。

我们没有出路。我鼓起勇气,在榴弹闪光的时候看了一眼草坪。那里已经成了巨浪滔天的火海,炮弹尖锐的火苗像喷泉一样跳起来。要穿过这里是不可能的。

那片森林已经不复存在,它被践踏、被炸毁、被撕裂了。我们不得不留在墓地里。

大地在我们面前爆炸，土块飘落如雨。我感受到了一阵冲撞，衣袖被一块弹片撕碎了。我攥紧了拳头，没有疼痛。但是我并不放心，伤痛的感觉之后才会浮现出来。我检查了一下手臂，只是擦破了皮，但没有关系。轰响的声音靠近了我的颅骨，我短暂地失去了意识。一个念头像闪电一样划过眼前：不能昏迷过去！我沉陷在黑暗的沼泽里，立刻又浮了出来。一个弹片撞到了我的钢盔，幸亏它来自很远的地方，所以没有办法打穿钢盔。我拂掉眼睛里的尘土。眼前炸开了一个大洞，我看得不是很清楚。榴弹很难再打中同一个弹坑，因此我想要躲进去。我很快就跳了过去，像一条鱼一样平摊在地上。又传来了呼哨声，我立刻爬了过去，用手摸索着掩体，我在左边摸索到了什么东西，贴了过去，用它遮住我。我呻吟着，大地撕裂了，空气里的强压在我的耳中轰响，我爬到了那个东西那里，遮住了自己，那是木头、布片或者掩体，是弹片横飞中可怜的遮蔽物。

　　我睁开眼睛，手指紧紧攥着一只衣袖、一条手臂。那是一个伤员？我对他大喊，没有回答——那是一个死人。我的手继续在木屑里摸索，这时才想起来我们正躺在墓地里。

　　但是战火比一切都要猛烈。它磨灭了知觉，我只能爬到那具棺材下面更深的地方，它会保护我，即便死神本人就躺在那里面。

　　前面裂开了一个弹坑。我的目光像拳头一样紧攥着它，我必须一下就跳进去。这时我的脸上挨了一巴掌，一只手紧紧地抓住了我的肩头，——死者又醒过来了吗？——那只手摇晃着我，我转开头,在瞬间的光亮中呆滞地盯着卡钦的脸,他张大嘴咆哮着,我什么也没有听到,他摇晃着我,靠了过来。在四周静下来的一瞬间里,我听到了他的声音:"毒气——毒毒毒气!——毒毒毒气!——告诉别人!"

我抓住我的防毒面具……离我稍远的地方躺着一个人。我心里只想着一件事情:他必须知道"毒毒毒气——毒毒毒气——"!

我喊叫着,凑过去,用行军囊打他,他没有注意到——我继续打,继续打——他只是低着头——他是个新兵——我绝望地看着卡钦,他已经戴上了面具——我也拿出我的面具,钢盔飞到另一侧,从我的脸上擦过,我走到那个人身边,他身边放着自己的行军囊,我抓住他的面具,罩在他的头上,他明白了——我放开他——然后猛地跳进弹坑里。

毒气弹沉闷的响声掺杂着爆破弹的炸裂声。在爆破的间隙,一口钟、一副铜锣或者是其他金属的打击乐器警告着大家——毒气——毒气——毒气——

我身后传来爆破声,一次,两次。我把防毒面具镜片上的哈气擦干净。周围有卡钦、克洛普还有另一个人。我们四个怀着沉重的、待命一般的紧张心情躺在一起,尽可能轻地呼吸着。

戴上防毒面具的前几分钟就决定了生死:面具的密闭性好不好?我很熟悉战地医院里那些可怕的场景:毒气病,一连几天都在绞痛,把烧伤的肺一块一块地吐出来。

我的嘴压紧了气囊,小心翼翼地呼吸着。现在气浪正在地上蹑手蹑脚地前行，沉入所有的坑洞。它像一只柔软的水母，躺在我们的弹坑里，把舌头伸进去。我戳了戳卡钦：爬到上面比躺在这里要好，毒气最容易在这里聚集。但我们还没来得及爬出去，第二波火焰的冰雹就开始落下。好像不仅仅是炮弹在咆哮，大地本身也在震动。

伴随着一声吱呀开裂的声音，一个漆黑的东西呼啸着落向了我们。它重重地拍在了我们身边，那是一具被炸得高高飞起来的棺木。我看到卡钦动了动，爬了过去。那具棺木砸中了我们趴在坑里的四个人中间一条伸出来的手臂。那个人正努力用另一条手臂扯下防毒面具。克洛普及时赶到了，把他的手用力扭到背后，紧紧抓住它。

卡钦和我走过去，把那条受伤的手臂拉出来。棺木的盖子松动了，因为爆炸，我们很轻松地就把它打开了，我们把里面的死者扔出去，他滑到了下面，然后我们试图松动棺木的底部。

幸运的是，那个人已经昏迷了，阿尔伯特也可以帮上忙了。我们现在也不需要注意保护自己了，于是尽全力干活，直到棺木发出一声叹息，屈服于我们插在下面的铲子。

天开始亮了。卡钦把一块棺木的盖子垫在被压碎的手臂下面，我们把所有的绷带都绑了上去。在这一刻我们也做不了别的。

我的头罩在防毒面具里，开始嗡嗡发响，几乎要爆炸了。肺部已经精疲力尽，它们呼吸的一直都是这种灼热、污浊的空气，太阳穴爆出青筋，我觉得我要窒息而死了——

灰暗的光渗透到了我们这里。风吹拂着墓地。我从弹坑的边缘爬了出来。在肮脏的光线里，我的面前躺着一条被炸断的腿，上面靴子完好无损，我在一瞬间把这一切看得清清楚楚。但现在，几米开外又站起来一个人，我擦擦镜片，镜片立刻又因为激动而变得模糊，我盯着他——那边的那个人没有戴防毒面具。

我又等了几秒钟——他没有倒下，他的目光四处搜寻着，迈出了几步——风把草叶吹散，空气中已经没有毒气了——于是我也喘息着，丢掉面具，倒了下去，空气像冰冷的流水注入我的体内，眼睛即将崩裂，气浪席卷了我，将我溶解在一片昏暗之中。

*

炮击停止了。我转向弹坑，向其他人示意。他们爬上来，扯下了面具。我们抓住那个伤员，有一个人抬着他上了固定板的手臂。我们就这样跌跌撞撞地赶着路。

那个墓地已经成为一片废墟。棺木和尸体散落着。他们又被杀死了一次，但每具被炸碎的尸体都拯救了我们中间的一个人。

篱笆已经被炸坏了，战地铁路被掀出了轨道，僵硬地高高耸在空中。前面躺着一个人。我们停下来，只有克洛普扶着那个伤员继续走下去。

是一个新兵。他的臀部满是血污，已经精疲力尽，我拿出我的军用水壶，里面有一点加了朗姆酒的茶水。卡钦把我的手推了回去，弯下身问他："你哪里受伤了，战友？"

他动了动眼睛，他太虚弱了，没有办法回答。

我们小心翼翼地剪开了他的裤子。他呻吟着："别管我，别管我，这样更好——"

如果他的腹部被击中了，那么他就不能喝任何东西。他没有呕吐，这是件好事。我们把他的臀部露了出来，那里已经血肉模糊，还有碎裂的骨头。关节被打中了。这个年轻人再也没有办法走路了。

我蘸湿手指，擦了擦他的太阳穴，给他喝了一口酒。他的眼睛开始活跃起来。现在我们才发现他的右臂也在流血。

卡钦扯开了两包绷带，拉得尽可能宽，覆盖住伤口。我去找可以垫在上面的东西。我们什么东西也没有了，因此我又把这个伤员的裤子撕开了一点，想要剪一块他的内裤来包扎。但是他没有穿内裤。我仔细地注视着他：他就是刚才那个淡黄头发的年轻人。

在这段时间里，卡钦从一个死者的口袋里又找到一包绷带，我们小心翼翼地包扎着伤口。我对那个直视着我们的年轻人说道："我们现在去取一副担架。"

他张开嘴，低声说："别走——"

卡钦说："我们马上还会回来的。我们去给你取一副担架。"

我们不知道他是否理解了我们的意思，他就像孩子一样在我们身后呜咽："别走——"

卡钦环顾四下，低语道："难道不应该直接给他一枪，结束这一切吗？"

这个年轻人几乎撑不过转运的过程，他最多还能再撑几天。迄今为止的一切比起他到死的那段时间都还算不了什么。现在他的感觉还有些迟钝，感受不到疼痛。在一个小时以后他就会忍受不了，成为一个不断尖叫的负担。他还要度过的日子对他来说只不过是猛烈的折磨。他是死是活，对任何人又有什么意义呢——

我点了点头："没错，卡钦，应该给他一枪。"

"把枪给我。"他说，然后他站住了。我看出他已经下定了决心。我们环顾四下，但我们周围已经来了别人。我们前方聚集起一小群人，从弹坑和战壕里伸出了一些脑袋。

我们取来了一副担架。

卡钦摇着头。"这么年轻的小伙子"——他重复道："这么年轻的、无辜的小伙子——"

*

我们的损失比预计的要低：五死八伤。这只不过是一次短促的突袭。有两个死者躺在开裂的墓穴里，我们只需要填些泥土把他们盖起来就行了。

我们一起往回走，沉默地排成纵队慢步走着。伤员被送到了卫生站。这天早晨天气阴沉，护士拿着号码牌和身份牌跑来跑

去，伤员呜咽着。开始下雨了。

一个小时以后，我们来到了卡车那里，一个个爬了上去。现在的位置比之前宽敞了。

雨越下越大。我们展开帆布，盖在头上。水滴在上面敲打出鼓点。雨水积成的水柱从两侧流下来。卡车颠簸着驶过坑坑洼洼的地方，我们半睡半醒地被摇来摇去。

卡车前面站着的两个人拿着长长的尖角杆子，留意着横挂在街道上的电话线，有的线很低，会切掉我们的头。两个人用尖角杆子挑起电话线，举过我们的头顶。我们听到他们喊"小心——电话线"，就在半醒半睡中弯弯膝盖，过会儿再站直起来。

卡车单调地摇摆着，呼喊声是单调的，雨声也是单调的。雨水落在我们的头上，落在前面那些死者的头上，落在那个受了伤的年轻新兵的身体上，他的伤口几乎占据了他的整个臀部，雨水也落在克梅里希的墓碑上，落在我们的心上。

某个地方传来了爆炸声。我们一惊，眼睛绷紧，双手又准备好支撑身体翻越车栏，跳到路边的壕沟里。

但在这之后就没有什么声音了。——只有单调的呼喊："小心——电话线——"我们弯弯膝盖，然后又半醒半睡地站直身体。

5

如果你身上有几百只虱子,一只一只地杀死它们是很痛苦的事情。这种小动物很坚硬,一直用指甲掐会让人觉得厌烦。因此,恰登用铁丝固定住一只鞋油盒盖,下面点着蜡烛头。只要把虱子扔进这个小型煎锅,就会传来噼啪一声,它们就完蛋了。

我们围坐一圈,衬衣放在膝盖上,上身在温暖的空气里赤裸着,双手忙碌着。海伊身上有一种特别美丽的虱子:它们头上长着红十字。因此他断定,这些虱子是他从托尔豪特的战地医院带来的,它们属于一位少校级军医。他还想用鞋油盖里慢慢聚集的脂肪刷军靴,而且为了自己的这个笑话大吼着笑了半个小时。

但是今天这个笑话没有起到作用,我们太挂念其他的事情了。

那个传言成了事实。西莫尔斯托斯来了。昨天他就出现了,我们已经听到了他熟悉的声音。他在家乡的练兵场上把几个年轻新兵练得太狠了。但他不知道,里面有市长的儿子。这让他倒了大霉。

他会在这里惊叹不已。恰登一连几个小时都在讨论该怎么报复他。海伊若有所思地看着自己巨大的手掌,对我挤着眼睛。

上次的痛殴成了他的高光时刻,他告诉我,他有时候还会梦到这件事。

*

克洛普和穆勒在聊天。克洛普弄到一盒扁豆,可能是从厨房里弄来的。穆勒贪婪地瞥视着,却控制住了自己,问道:"阿尔伯特,如果现在是和平时期,你会做什么呢?"

"不会有和平的!"克洛普直截了当地说。

"好吧,但是如果——"穆勒坚持问,"你会做什么?"

"从这里滚蛋!"克洛普发着牢骚。

"那肯定。然后呢?"

"把自己灌醉。"

"别说胡话,我的意思是认真的——"

"我也是,"克洛普说,"除此以外,还能做什么呢。"

卡钦对这个问题很感兴趣。他索要克洛普的战利品,吃了点扁豆,考虑了很长时间,然后说:"的确可以把自己灌醉,但之后就是坐上下一班火车——回到妈妈身边。天哪,和平,阿尔伯特——"

他从牛皮纸信封里掏出一张照片,自豪地给我们看。"我的老婆!"然后又把照片收起来,咒骂道:"该死的、虱子一样的战争——"

"你说得对，"我说，"你还有妻子和孩子。"

"当然，"他点点头，"我必须为他们操持生计。"

我们大笑。"他们什么也不会缺的，卡钦，反正你也能够搞到东西吃。"

穆勒对这些回答都不是很满意。他把海伊·威斯特胡斯从打上一架的梦中推醒了。"海伊，如果现在是和平时期，你想做些什么？"

"他肯定会狠狠地踹你的屁股，因为从某种程度上来讲，你就是从那里生下来的，"我说，"你到底是怎么想出和平这种事的？"

"牛粪是怎么到屋顶的？"穆勒简明扼要地回答了我，然后又转向了海伊·威斯特胡斯。

海伊觉得立刻回答这个问题很困难。他晃了晃满是雀斑的脑袋："你的意思是，等到战争结束了？"

"没错。你都听到了。"

"那时候就又有女人了，不是吗？"——海伊舔了舔嘴唇。

"是的。"

"我会胃口大开的，"海伊说，脸上的冰霜融化了，"那时候我肯定要找个健壮的婊子，真正会做饭的那种，你知道，实实在在地抓住她，然后就上床！你想象一下，有弹簧床垫的真正的羽绒床，我整整八天都不会再穿裤子。"

所有人都沉默了。这个场景太令人惊叹了。我们的皮肤上掠过一阵战栗。最终，穆勒醒了过来，问道："然后呢？"

一阵停顿。然后海伊有点尴尬地解释道:"如果我能当上下士,我就留在部队,继续服役。"

"海伊,你真是疯了。"我说。

他好脾气地反问:"你挖过泥煤吗?去试试吧。"然后他从靴子里拿出一把勺子,伸到了克洛普的碗里。

"不可能比在香槟省①建筑防御工事更糟糕。"我反驳道。

海伊嚼着扁豆,咧嘴笑着:"但是时间更长,也不能偷工减料。"

"但是,天哪,在家里还是更好吧,海伊。"

"有好有坏。"他说着,张着嘴陷入了沉思。

可以从他的脸上读出他在想什么。沼泽里破旧的茅屋,从早到晚在炎热的荒原里做着苦工,报酬低得可怜,还要穿肮脏的工作服——

"和平时期,你在军队里不需要操心,"他说道,"每天都有饭吃,不然你就闹事,有自己的床,每星期全套衣服都给换洗,就像一位绅士,你如果能做到下士,还有漂亮的制服,——晚上你就是个自由人了,可以去小酒馆。"

海伊对自己的这个主意感到得意。他甚至爱上了这个主意。"如果你服满十二年兵役,你就能拿到抚恤金,然后去乡下当警察。可以一整天都闲逛。"

---

① 位于法国东北部的省份。

此刻，他陶醉在对未来的想象之中。"你想象一下，你会得到什么样的款待。这里一瓶白兰地，那里半升啤酒。所有人都想和警察好好相处。"

"你永远也当不了下士，海伊。"卡钦抛来一句话。

海伊受伤地看着他，沉默了。他现在很可能已经想到了秋日明朗的黄昏、荒原上的星期天、村里的钟声、和少女们一起度过的下午和夜晚、荞麦的煎饼和大块的肥腊肉，还有在小酒馆里无忧无虑地闲扯的时光——他没有办法这么快就中止这么多的幻想，因此他嘟哝着，愤怒地说："你们一直问的都是些什么蠢问题。"

他把衬衫从头上套进去，扣好了制服扣。

"你想做什么，恰登？"克洛普喊道。

恰登心里只有一件事："注意，不能放过西莫尔斯托斯。"

他可能最想把他关进笼子里，每天早晨用棍子打他。他热情洋溢地对克洛普说："如果我是你，我就要看看，如果我当了少尉会怎么样。然后你就可以收拾他了，让他满地找牙。"

"你呢，德特林？"穆勒继续追问。他这么爱问问题，天生就该当老师。

德特林不爱说话。但他对这个话题做出了回答。他望向天空，只说了一句话："我希望还能赶得上收稻谷。"

然后他就站起来走了。

他很担心。他的妻子不得不独自经营农场。这段时间里，她已经卖掉了两匹马。他每天都读报纸，看看他居住的奥尔登堡下不下雨。要是不下雨的话，他们就不用急着收干草。

这时，西莫尔斯托斯出现了。他径直走向我们这个小组。恰登的脸色变得红一块紫一块。他笔直地躺在草地上，激动地闭上了眼睛。

西莫尔斯托斯有点犹豫不决，他的步子放慢了。随后他还是迈着大步走了过来。没有人表现出要站起来的迹象，克洛普饶有兴趣地盯着他。

他现在站在我们面前等着。没有人说话，所以他就说了一声"你们好吗？"做开场白。

几秒钟过去了，西莫尔斯托斯显然不知道该怎么办。他现在最想要做的是惩罚我们跑步。但无论如何，他似乎已经学会了：前线不是练兵场。他试着不再盯着我们所有人，而是只盯着一个人，他希望这样更容易得到回答。克洛普离他最近。所以他就尊敬地问道："好吧，你也在这里？"

但克洛普不是他的朋友。他简短地回答道："我觉得，我比您来的时间长一点。"

红色的胡髭开始颤抖："你们已经不认识我了，对吗？"

恰登现在睁开了眼睛："恰恰相反。"

西莫尔斯托斯转向他："是恰登，不是吗？"

恰登抬起头："那你知道，你是什么东西吗？"

西莫尔斯托斯脸色泛白。"我们什么时候开始以'你'①相称了？我们应该没有一起在路边的下水道里躺过。"

他肯定还不知道该怎么应对这种情况。他没有料到这种公开的敌意。但是他现在知道要保护自己了，肯定有人跟他说过什么在背后吃枪子儿的胡话。

恰登在发怒之前甚至还幽默地回答了路边下水道的问题。"是啊，你自己一个人待在里面。"

现在西莫尔斯托斯也生气了。但恰登比他还要着急，他一定要先把他痛骂一顿。"你想知道你是什么东西吗？你就是猪狗不如的东西，你就是！我早就想告诉你了。"

许多个月后，终于获得的满足感在他猪一样的小眼睛里闪烁，就在他说出"猪狗不如"的那一刻。

现在西莫尔斯托斯也不再控制自己了："你这个杂种想干什么，你这个肮脏的东西？你给我起立，站直，就像长官和你说话的时候一样！"

恰登打了个夸张的手势："你可以稍息了，西莫尔斯托斯。解散。"

西莫尔斯托斯就是一本咆哮的操练守则。这位皇帝不允许自己受到这样的侮辱。他号叫道："恰登，我命令你遵守命令：起立！"

"然后呢？"恰登问。

---

① 德语中的"您"比汉语更常用，一般是不熟的人之间与对公场合互相称"您"。

"你要不要服从我的命令？"

恰登冷漠的回答在不经意之间引用了最经典著作。与此同时，恰登还对着他放了个屁。①

西莫尔斯托斯暴怒道："你会上军事法庭！"

我们看着他消失在文书室的方向。

海伊和恰登发出挖煤工的那种狂笑。海伊笑得下巴脱臼，突然就只能无助地张着嘴站在那里。克洛普不得不给他一拳，让他的下巴归位。

卡钦有点担忧："如果他告你们的状，那就不好了。"

"你觉得他会这么做吗？"恰登问道。

"肯定会。"我说道。

"你最少被关五天禁闭。"卡钦解释道。

恰登并没有动摇："五天禁闭就是五天休息。"

"如果把你送到要塞②那边呢？"喜欢刨根问底的穆勒问道。

"那么战争对我来说就结束了。"

恰登性格开朗。他没有什么忧虑。他和海伊还有利尔一起离开了，以防被告发后，那帮人在正好最火大的时候抓住他。

---

① 此处指歌德剧作中的台词"舔我的屁股吧"，在下文还会再出现一次。
② 指法乌克斯要塞，凡尔登防御体系的核心部位，德法双方在此交战，双方伤亡人数超过七十万。

*

穆勒还没有问完。他又盯上了克洛普:"阿尔伯特,如果你现在真的回到了家里,你想做什么?"

克洛普现在吃饱了,因此也就屈服了:"我们班里到底有多少人?"我们计算着:二十个人里有七个死了,有四个受伤了,还有一个进了疯人院。也就是最多还剩下十二个人。

"有三个人当上了少尉,"穆勒说,"你觉得,他们还能忍受康托雷克的训斥吗?"

我们觉得不会,我们自己也不愿意再被人训斥了。

"实际上,你们怎么看《威廉·退尔》①的三重主题?"克洛普突然想起了什么,爆发出大笑。

"哥廷根林苑派②的宗旨是什么?"穆勒也突然变得非常严肃。

"勇士查理③有几个孩子?"我平静地反问道。

"你将会一事无成,博伊默尔。"穆勒叽叽喳喳地说道。

---

① 席勒的戏剧作品,讲述了瑞士的民族英雄威廉·退尔率领民众推翻奥地利残暴统治的故事。
② 十八世纪由哥廷根大学师生创造的文学流派,因克洛卜施托克的诗歌《山丘与林苑》得名,属于浪漫主义文学流派,反对启蒙运动导致的理性桎梏与社会成规,倡导属于德国的民族诗歌。
③ 勇士查理是计划统一法兰西的国王路易十一最危险的敌人。他努力扩张已经十分强大的勃艮第公国的力量,企图使勃艮第成为完全独立的政治实体。1465年,勇士查理从路易十一手中取得索姆。为得到英格兰的支持,勇士查理与英王爱德华四世的妹妹玛格丽特结婚。他多次镇压勃艮第的附庸和主要财政来源尼德兰各城市的反抗,并力图吞并阿尔萨斯和洛林。

"扎马会战①发生在哪一年？"克洛普想知道的是这个。

"你缺乏道德上的严肃性，克洛普，你坐下，三减②——"我表示抗拒。

"来库古③认为国家有哪三个最重要的使命？"穆勒低语着，假装推了一下夹鼻眼镜。

"那句话说的是：'我们德国人敬畏上帝，此外不怕世间的任何人'还是说：'我们德国人……？'"我陷入了思考。

"墨尔本有多少居民？"穆勒又叽叽喳喳地问了回来。

"如果你不知道，你这一生还想要有什么成就？"我愤怒地反问克洛普。

"你怎么理解内聚力？"他现在打出了一张王牌。

这些冠冕堂皇的事情我们已经忘得差不多了。这对我们也没有什么帮助。但是在中学里，没有人教过我们如何在狂风骤雨中点燃一根香烟，如何用潮湿的木头生火——或者是刺刀最好刺向腹部，这样就不会像刺入肋骨那样卡住。

穆勒若有所思地说："这些又有什么用。我们还是要回去上学的。"

---

① 扎马会战发生于第二次布匿战争中，是第二次布匿战争的最后一场战役。在这场战役中，罗马名将西庇阿打败了被一些西方国家称为"战略之父"的迦太基将领汉尼拔，迫使迦太基与罗马签订和约，第二次布匿战争以罗马的胜利告终。

② 德国学校采用5分记分制，1分为最高分，5分为最低分，4分为及格分数，3-相当于百分制的66分。

③ 来库古是古希腊的政治人物，为斯巴达的王族。因为谗言而离开斯巴达，听闻克里特的国王善于制法，游于克里特岛，学习当地的法律，又游埃及各地，亦尽学习那里的法律，归国后大受斯巴达人欢迎。

我觉得不可能:"也许我们会有一次结业考试。"

"那你也需要准备。就算你通过了考试,然后呢?大学生活并没有好到哪里去。如果你没钱,你就要下苦功。"

"还是好一些的。虽然他们灌输给你的还是一派胡言。"

克洛普准确地表达出了我们的想法:"在这里待过以后,怎么可能还把那些东西当真呢。"

"但你肯定还是要有个职业。"穆勒反驳道,好像他就是康托雷克本人。

克洛普用餐刀修理着指甲。我们都对他这么讲究仪表感到惊讶。但是他只是在思考。他把餐刀丢开,解释说:"的确是这样。卡钦、德特林还有海伊会回去做他们的本职工作,因为他们之前已经有工作了。西莫尔斯托斯也是。我们之前却没有职业。我们在经历过这里的事情之后,"他指向前线,"还能够适应一份职业吗?"

"必须给我们发抚恤金,然后我们就可以独自住在森林里了——"我说道,但立刻为我的狂妄感到羞愧。

"如果我们回去了,到底会怎么样呢?"穆勒说,他自己也受到了打击。

克洛普耸了耸肩:"我不知道。我们回去以后就知道了。"

实际上,我们所有人都毫无头绪。"那时候我们可以做什么呢?"我问道。

"我对什么都没有兴趣,"克洛普疲惫地回答说,"但你总有一天会死的,那还能做什么?我根本不信我们还能回去。"

"当我想到这件事情的时候,阿尔伯特,"过了一会儿,我翻了个身说道,"当我听到'和平'这个词的时候,我就想要做些难以设想的事情,万一和平真的出现了,你知道,做某种有价值的意想不到的事情,才能够跟这里的不幸扯平。但我实际上什么也想象不出来。我看到的可能只有工作、上大学和报酬之类的事情——这些事情令人作呕,因为这些东西一直都存在,还要不断地反复重来。我什么也想不到——什么也想不到,阿尔伯特。"

我突然觉得一切事情都毫无出路,令人绝望。

克洛普也在思考这件事情。"我们所有人都会过得很艰难。可是在家里的人,又有谁为此感到担忧吗?两年都在射击、扔手榴弹——这段经历不可能像脱袜子一样丢在身后。"

我们都同意,每个人的处境都差不多。不仅仅是在我们这里,到处都或多或少是一样的情况。这是我们这一代人共同的命运。

克洛普又把这一点说了出来。"战争摧毁了我们的一切。"

他说得对。我们已经不再是青年了。我们不再想在世界上冲锋。我们成了逃兵。我们从自己面前逃开,从我们的生活面前逃开。我们才十八岁,才刚刚开始热爱世界和生活,却不得不对这一切开枪。我们抛出的第一颗手榴弹就击中了我们的心。我们与行动、追求和进步割裂开来。我们不再相信这一切,我们只相信战争。

文书室里吵吵闹闹,似乎西莫尔斯托斯已经告完了状。走在纵队最前面的是肥胖的中士。好笑的是,几乎所有在编的中士都很胖。

他身后跟着复仇心切的西莫尔斯托斯。他的靴子在阳光下闪闪发亮。

我们站起来。中士喘着大气:"恰登在哪里?"

当然没有人知道。西莫尔斯托斯生气地瞪着我们:"你们肯定知道,只是不想说。快说。"

那位中士四下搜寻着,哪里也看不到恰登的影子。他试图换一种方式:"叫恰登十分钟后来文书室报到。"

然后他走了,西莫尔斯托斯紧跟着他的脚步。

"我感觉下次我去建筑防御工事的时候,铁丝网会掉到西莫尔斯托斯的腿上。"克洛普想了一个主意。

"我们还会拿他找许多乐子的。"穆勒大笑道。现在我们只有这点野心了:冲撞一位邮差。——我走进营房,把这件事告诉了恰登,让他躲开。

然后我们换了个地方,又坐下来打牌。因为我们可以做的只有这些事情:打牌、咒骂和参战。对二十岁的人来说,这不算多——但对二十岁的人来说,这又太多了。

半个小时以后,西莫尔斯托斯又出现在了我们身边。没有人注意他。他问起恰登在哪里。我们耸耸肩。"但是你们应该去找他。"他坚持说。

"什么'你们'？"克洛普问道。

"好吧，你们这些人——"

"我请您不要和我们以'你'相称。"克洛普说话的样子像个长官。

西莫尔斯托斯高高在上的姿态端不住了。"谁和你们以'你'相称了？"

"您！"

"我？"

"是的。"

他费劲地寻思着。他怀疑地瞥了一眼克洛普，因为他不知道这是什么意思。他在这件事情上总是搞不明白，然后就撞上了我们的枪口。"你们没有去找他？"

克洛普躺在草地上说："您已经上过前线了吗？"

"这和您没关系，"西莫尔斯托斯坚决地说，"我要求您回答我。"

"好的，"克洛普回答说，坐起身来，"您看看那边有几片小云朵的地方。那是高射炮的炮弹。我们昨天就在那里，五人死亡，八人受伤。这其实只是小意思。如果您跟我们一起去，所有的士兵都会在死去之前先站到您面前，立正并干脆地请示：请允许我们解散！请允许我们去赴死！我们等的就是您这样的人。"

他又坐下了，西莫尔斯托斯又像彗星一样消失了。

"三天禁闭。"卡钦猜测道。

"下次我来。"我对阿尔伯特说。

但这就是结局了。因为傍晚的时候，每个人都被传讯了。我们的少尉贝尔庭克坐在办公室里，挨个叫我们进去。

我必须作为证人出现，解释恰登为什么要造反。尿床的事令人印象深刻。西莫尔斯托斯被叫了过来，我重复了我的证词。"是真的吗？"贝尔庭克问西莫尔斯托斯。

他支吾着，在克洛普做出了同样的证言之后，他最终不得不承认了。

"那么当时为什么没有人报告呢？"贝尔庭克问道。

我们沉默着，他自己肯定也知道，在军队里抱怨这点小事毫无意义。在军队里真的允许人们抱怨吗？他很清楚这一点，于是先训斥了西莫尔斯托斯，再一次有力地让他明白，前线不是练兵场。然后轮到恰登接受更严厉的斥责，他进行了一段漫长的说教，然后判三天普通禁闭。他给克洛普使了个眼色，判一天禁闭。"只能这样了。"少尉同情地对克洛普说道。他是个理智的人。

普通禁闭很舒服。禁闭的地点是以前的鸡舍，两个人都可以接受探望，我们很快就心领神会地去探望了。严格禁闭就像坐牢一样。之前我们还曾经被绑在树上，但这种事情已经被禁止了。有时候，我们已经可以得到人类的待遇了。

在恰登和克洛普被关进铁丝格窗的一个小时以后，我们就出发去看他们。恰登尖叫着迎接了我们。然后我们一直到深夜都在打斯卡特牌。恰登理所当然地赢了，这个愚蠢的小可怜。

*

散居的时候，卡钦问我："弄点鹅肉烧烤怎么样？"

"不错。"我回答说。

我们爬上一辆运送弹药的车。路费花了两支香烟。卡钦留意了准确的地点。那个禽舍属于某个团指挥部。我决定去偷鹅，让他给我指示。禽舍在一堵墙后面，只用一根门柱顶着。

卡钦向我伸出双手，我把脚踩上去，爬过墙壁。卡钦在下面望风。

我在那里站了几分钟，让眼睛适应黑暗，然后认出了那个禽舍。我轻轻溜过去，试探了一下门柱，把它拉开，打开了门。

我发现了两团白羽毛。有两只鹅，真糟糕：如果抓住一只，另一只就会大叫。也就是说，我必须把两只鹅都抓住——我得加快动作。

我一下子跳了过去。立刻抓住了一只，马上又抓住了另一只。我像疯了一样把两只鹅的脑袋往墙上撞，想把它们撞晕。但我肯定撞得还不够狠。两只鹅都在嘎嘎叫，爪子和翅膀扑腾着。我努力搏斗着，但是天哪，鹅的力气真大！它们拖着我，到处跌跌撞撞。两团白羽毛在黑暗中显得非常刺眼，简直要把我拽到天上去，好像我的手里抓着好几个大气球。

这时噪声也变大了，一只鹅透了一口气，像闹钟一样尖叫着。我还没有弄明白，就有什么东西从外面冲了进来，我被撞倒在地，躺在地上听着愤怒的喉音。那是一只狗。我瞥向侧面，它已经准备好咬我的脖子了。我立刻一动不动地躺下，把下巴都缩进了衣领里。

那是一只獒犬。过了很久，它才缩回头，蹲在我的身边。但只要我试着动一动，它就会发出哼哼声。我思考着。我唯一能做的就是抓住我的小左轮手枪。无论如何，我得趁着还没有来人，从这里离开。我一厘米一厘米地移动着我的手。

我感觉时间几乎停滞了。每次轻微的移动都会招致一阵危险的哼哼声，我僵直地躺着，再次尝试。当我握住手枪的时候，我的手开始颤抖。我把手枪按在地上，意图很明确：在它抓住我之前，枪口向上，开枪，然后开跑。

我慢慢地喘过了气，变得更镇静了。然后我屏住呼吸，抬高手枪，枪响了，獒犬号叫着跳到一侧，我冲过禽舍的门，却绊在一只逃跑的鹅的身上。

我小跑着，快速抓住了那只鹅，把它一把扔出墙外，自己也爬了上去。我还没翻过墙，那只獒犬又变得生气勃勃了，跳起来抓我。我立刻翻了过去。卡钦站在我面前十步之外，手臂下面夹着一只鹅。他一看到我，我们就开始奔跑。

我们终于能够喘口气了。鹅已经死了，卡钦立刻就杀了它。

我们想要立刻烤鹅，以免有人察觉。我从营房里带来了锅和木柴，我们蜷缩在一个小小的、废弃的库房里，这些地方对我们来说就是干这个的。唯一的一扇天窗遮着厚厚的窗帘。里面有一个类似炉灶的东西，后面的石头上还有一块铁板。我们燃起了火焰。

卡钦给鹅拔毛，准备烤制。我们小心翼翼地把羽毛收在一边，想要给自己做两个小枕头，上面写着："在炮火中安睡！"

前线的炮火在我们的避难所周围轰鸣。灯光在我们的脸上跳闪，阴影在墙壁上起舞。有时候传来一声沉闷的爆裂声，库房就会颤抖。那是空投炸弹。有时候我们会听到微弱的叫喊。营房一定受到了打击。

飞机发出嗡鸣声，机枪嗒嗒的声音变得非常响亮。但外面的光线渗透不到我们这里。

我们就这样面对面坐着，卡钦和我，两个穿着破旧外套的士兵，在烤一只鹅，在深更半夜。我们没有怎么说话，但我们对彼此都满怀着柔情，比我想象的情人之间的感情还要温柔。我们是两个人，两颗微弱的生命的火星，外面是夜晚和死者的领域。我们坐在他们的边缘，危险又安全，我们的手上滴了鹅油，我们的心如此亲近，时间和空间一样：温柔的火光四处飘闪，情感在光影之间来去。他知道我些什么？我又知道他些什么呢？我们的思想在之前没有任何类似之处——现在我们坐在一只鹅的前面，感受着我们的存在，如此亲近，不需要再说什么。

烤一只鹅需要很长时间,即使是一只又嫩又肥的鹅。因此我们轮流来。一个人涂油,另一个人躺下睡觉。美妙的香气逐渐蔓延开来。

外面的噪声汇聚成音乐,凝聚成梦境,但没有使回忆完全流逝。我半醒半睡地看着卡钦举起又放下勺子,我爱他,爱他的双肩,他那弓着腰的壮实的身影——与此同时,我看到了他身后的森林与星辰,听见一个善良的声音说着使我平静的话语。我,一个士兵,穿着大大的军靴,系着腰带,背着装有面包的粮袋,渺小地走在高远的天空之下,走在眼前的道路上,很快就忘了一切,而且也很少感到悲伤,只顾着在寥廓的夜空下行进着。

一个渺小的士兵和一个善良的声音,如果有人爱抚他,他可能已经无法再理解了,穿着大大的军靴、有着一颗被玷污的心灵的士兵,他在行军,因为他穿着军靴,遗忘了一切,只知道行军。难道地平线上寂静的花朵和风景不会让他哭泣,不会让这个士兵哭泣吗?难道那不是他已经失去了的景象,而他从未拥有过这种令人迷醉又擦肩而过的景象?难道他二十年来的生命没有浮现在眼前?

我的面孔变得潮湿,我在哪里?卡钦站在我面前,他巨大的、弓着腰的影子像故乡一样投在我的脸上。他轻轻地说着话,微笑着,走回火焰旁边。

然后他说:"烤完了。"

"好的,卡钦。"

我颤抖着。房间中央,一只棕褐色的烤鹅熠熠生辉。我们拿出可折叠的餐叉和便携的小餐刀,每个人切下一条鹅腿。我们配着军队里的黑面包,蘸着油汁吃着。我们吃得很慢,非常享受。

"好吃吗,卡钦?"

"好吃!你觉得呢?"

"好吃!卡钦。"

我们是兄弟,把最好的部分留给彼此。之后我抽了一支香烟,卡钦抽了一支雪茄。肉还剩下很多。

"卡钦,我们给克洛普和恰登带一块烤鹅怎么样?"

"可以。"他说。我们切下一部分,把肉小心地裹在报纸里。剩下的部分我们本来想带回营房里,但是卡钦大笑着,只说了一句:"恰登。"

我明白了,我们得把所有的肉都带过去。就这样,我们出发去鸡舍,把他们两个叫醒。之前我们还把羽毛包好带走了。

克洛普和恰登看到我们,就像看到了海市蜃楼。然后他们就开始嘎吱嘎吱地大口吃起来。恰登双手拿着一只鹅翅,就像吹口琴一样塞进嘴里嚼着。他吮吸着锅里的油,吧唧着嘴:"我永远也不会忘了你们!"

我们走回营房。高高的夜空又出现了星辰,已经是破晓了,我走过去,一个穿着大靴子、吃得饱饱的士兵,清晨一个渺小的士兵——但我身边那个躬着身的、不太灵活的人是卡钦,我的战友。

营房的轮廓从晨光中浮现出来,像一个漆黑的美梦。

6

人们都在议论敌军会有一次进攻。我们比平常提前两天去了前线,在路上经过了一个被炸碎的中学。旁边堆起了一道双层高墙,由全新的、浅色的、未经抛光的棺木组成。它们依然散发着树脂、松香和森林的气味。至少有一百个。

"真是为进攻做好了准备。"穆勒震惊地说。

"这是给我们准备的。"德特林嘟囔着说。

"别胡说八道!"卡钦斥责他们。

"如果还能有棺材,那也不错,"恰登咧开嘴笑着,"也有可能只把你被枪弹打穿的身体用帆布裹起来,就完事了!"

其他人也在开玩笑,令人不适的玩笑,但我们还能做什么呢——那些棺木的确是为我们准备的。这种事情都是有组织的。

到处都燃烧着火焰。第一天晚上,我们试图找到位置。在四下安静的时候,我们可以听到敌方前线的后方运输声,一直持续到破晓。卡钦说,他们不是在撤离,而是在送来部队,部队、枪弹还有大炮。

英国炮兵的力量增强了,我们立刻就听了出来。农庄右侧至少有四个拥有20.5口径大炮的炮兵连,白杨树桩后面安装了迫击炮。此外还有不少装了爆炸引线的法国小炮。

我们情绪压抑。躲进战壕两个小时以后，我们自己的炮火打进了战壕。这是这个月以来的第三次了。如果这是瞄准失误，没有人会说什么，但实际上是因为炮管已经磨损了。它散射到了我们的领地上。这天晚上我们有两个人因此受了伤。

*

前线就像一只笼子，你不得不在里面担惊受怕地等待任何可能发生的事情。我们躺在手榴弹的雷雨中，活在不确定性带来的紧张之中。偶然性在我们的头顶摇摆。如果来了一颗子弹，我也只能潜伏，这就是我能做的一切了。我既不清楚它到底会打中哪里，也无法对此施加影响。

这种偶然性使我们变得冷漠。几个月前，我坐在一条战壕里玩斯卡特牌，过了片刻，我站起身，去另一个战壕里找一个熟人。当我回来的时候，我待过的那条战壕已经不见了，它被一颗闷雷炸碎了。我再去另一个战壕，来得很及时，刚好帮上了忙，把那坍塌的战壕挖了出来。它在我离开的这段时间里被炸垮了。

也就是说，我会被炸死还是活着全凭偶然。在防弹的战壕里我也有可能粉身碎骨，但是在开阔的原野上我却可以承受十个小时的炮火还毫发无伤。每个士兵都要在生命中经历上千次偶然。每个士兵都相信并信赖偶然。

*

我们必须看管好面包。自从战壕里失去了管理,老鼠就越来越多。德特林宣称这是战事紧张的最可靠的征兆。

这里的老鼠尤其令人反感,因为它们太大了。人们称它们为食尸鼠。它们的脸丑陋、邪恶、没有毛发,看见它们长长的秃尾巴简直令人作呕。

它们看起来非常饿。几乎吃过所有人的面包。克洛普用帆布包住面包,把头用力地枕在上面,但他无法入睡,因为老鼠在他的脸上跑来跑去,想要得到面包。德特林想出一个妙计,把面包用一根细铁丝吊在天花板上。当他在夜晚打开手电筒的时候,他看到铁丝摇来晃去。面包上骑着一只胖老鼠。

最终我们决定把它们收拾干净。我们仔细地切掉面包上被老鼠咬过的地方,我们肯定不能把面包扔掉,不然的话明天就没有东西吃了。

我们把切下的面包片放在一起,摆在地面中间。每个人都拿着铲子准备好进攻。德特林、克洛普和卡钦拿着手电筒做好准备。

几分钟后,我们就听到了第一阵脚步声和啃噬声。声音越来越大,现在又有许多小脚走了过来。然后手电筒点亮,所有的铲子都冲着那一团黑乎乎的东西打下去。战绩很好。我们铲起死老鼠扔到战壕外面,继续埋伏着。

我们又成功地袭击了几次。然后老鼠可能是察觉到了什么，或者是闻到了血的味道。它们再也不来了。尽管地上的面包屑还是在第二天被它们全部带走了。

在附近的一段战壕，它们袭击了两只大猫和一条狗，把它们咬死、吃掉了。

*

第二天有了红波奶酪①。每个人得到了将近四分之一块奶酪。这一方面很好，因为红波奶酪很好吃，但另一方面又很糟糕，因为这个圆圆的红球到目前为止对我们来说一直意味着惨烈的厄运。之后还发了烧酒，我们的预感越来越糟，当时就把酒喝了，但并没有高兴起来。

白天，我们比赛射杀老鼠，四处闲逛。子弹和手榴弹的储备很充足。我们亲自检查了刺刀。有一种钝面就像锯子一样的刀。如果被敌人抓到的时候看见了这个，那我们就没救了。我们又在附近找到几个这样的死者，他们被这种锯齿刺刀割掉了鼻子，挖掉了眼睛。然后又被塞了满嘴和满鼻子的锯末，让他们窒息而死。

有几个新兵还拿着这种带锯齿的刺刀，我们把这些刀丢掉，

---

① 这种奶酪原产地在荷兰。半硬质奶酪，水分含量40%～50%，可切片，呈具有微弹性的胶状质地，有独特的红色蜡封，所以下文提到"红球"。

给他们找了另外的刀。

无论如何，那种锯齿刺刀已经没有意义了。冲锋时，我们现在有时候只拿着手榴弹和铲子。磨得锋利的铲子是一种轻便又用途多样的武器，不仅可以用来戳刺下颌，还可以用来进行击打，有很大的冲力。尤其是斜打在肩与脖颈之间，很容易劈穿胸膛。而刺刀在刺杀的时候经常卡住，只有先用力踹一脚对方的肚子才能拔出来，这个时候也很容易伤到自己。而且刺刀还很容易折断。

晚上，敌人放了毒气弹。我们戴上面具，等待进攻，准备在第一道人影出现的时候就扯下面具。

天亮了，之后什么事情都没有发生。只有那边折磨着我们神经的车轮声，一辆车，又一辆车，一辆卡车，又一辆卡车，他们为什么要集中兵力？我们的人不断地开着炮，但运输的声音没有停止，没有停止。

我们疲倦的面孔不去看彼此。"就像在索姆河①一样，那时候我们在炮火里待了七天七夜。"卡钦阴沉地说道。自从我们来到了这里，他就一个笑话都没有讲过，这很糟糕，因为卡钦是个老兵，他有预感。只有恰登对良好的食物和朗姆酒感到开心。他甚至觉得，我们还可以回去休息，什么都不会发生。

---

① 索姆河战役是第一次世界大战中规模最大的一次会战，1916年6月24日至11月18日，英法为将德军击退到法德边境，在位于法国北部的索姆河与德军作战，双方共计伤亡一百三十万人，是"一战"中最惨烈的一次交战，被称为"索姆河地狱"。

情况差不多就是这样。日子一天一天过去了。夜晚,我坐在听音哨的洞穴里,头顶是升起又降落的火箭弹和照明弹。我小心又紧张,心怦怦地跳。我一直在看有着夜光指针的手表。指针就是不愿意移动。我的眼皮里充满睡意,我活动着靴子里的脚趾,为了保持清醒。直到我被换下来的时候,什么也没有发生——那边只有车轮的声音。我们都渐渐平静下来,一直在玩斯卡特牌和冒歇尔牌①。也许我们会走运。

天空中飘满了侦查气球。有人说,敌人正准备投入坦克,在进攻中使用飞机空投步兵。但我们不怎么感兴趣,宁可去想想新型的喷火器。

*

我们在夜半惊醒。大地在轰响。猛烈的炮火笼罩在我们上空。我们躲进角落里,可以分清所有口径的炮弹。

每个人都抓紧了自己的东西,时不时去确认这些东西还在不在。壕沟颤动着,夜晚充满了咆哮与电闪。我们在持续几秒的光亮中注视着彼此,苍白的面孔、压紧的嘴唇和颤抖着的头颅。

每个人都觉得好像是沉重的炮弹撕开了战壕的掩体,掀翻了斜坡,炸碎了最上面的混凝土。当炮弹打到战壕里时,我们注意

---

① 可供三到六人玩的一种纸牌游戏,含有赌博的性质。

到沉闷、疯狂的炸裂声,像嘶吼的野兽伸出了利爪。早晨,有几个新兵已经开始面色发青地呕吐了。他们还没什么经验。

令人反感的灰光慢慢射进坑道,爆炸的闪电变得苍白。清晨天亮了,炮火中掺杂了坑道里的爆炸声,这是有史以来最疯狂的轰炸。炮弹落下的地方就成了一座集体公墓。

被换防的人们走出来,观察员跌跌撞撞,满身泥污,不住颤抖。有一个人默默地躺在墙角吃东西,另一个增援的后备军在抽泣。他有两次被爆炸的气浪甩出了掩体,但除了暂时性的脑震荡没有其他问题。

新兵们看着他。恐怖立刻传染开来,我们必须小心,已经有几个人的嘴唇开始颤抖。值得庆幸的是白天已经来临,也许上午进攻就会到来。

火力没有减弱,依然在我们身后继续。我们能看到的地方飞溅着土块和铁屑,有一大块长条区域正在被扫射。

进攻没有开始,但是轰炸一直持续着。我们慢慢变得麻木,几乎没有人说话。就算说话也没有人还能理解。

我们的战壕几乎被炸毁。许多地方只有半米高了,崩散成了洞窟、弹坑和土坡。一颗炮弹正好落在我们坑道前面,瞬间漆黑降临。我们被埋了起来,不得不把自己挖出来。一个小时以后,入口又畅通无阻了,我们有了活干,也变得镇静一些了。

连长跑过来告诉我们,有两个战壕被炸毁了。新兵们一看见他就安下心来。他说,今天傍晚会想办法把饭送过来。

听起来真是令人安慰。除了恰登,还没有人往吃东西上想过。这样看起来,外面的世界更近了,——如果可以把饭送进来,那么局势就不可能太糟糕,新兵们这么想着。我们没有管他们,我们知道,食物就和弹药一样重要,所以必须送点过来。

但是希望落空了。另一个纵队出发了,他们也退回来了。最后卡钦也加入了,就连他也空手而归,这么密集的火力连条狗尾巴都过不去。

我们勒紧腰带,用平时三倍的时间咀嚼着所有的食物。但是这还不够,我们饿得想骂人。我留着一块面包,先吃了软的部分,把面包皮放进粮袋,时不时地啃一两口。

*

夜晚令人难以忍受。我们睡不着,只能盯着前方打盹。恰登为那些因为被老鼠咬过而浪费掉的面包块感到惋惜。我们真应该留着它们。现在我们愿意吃这些面包了。我们也缺水,但不是很严重。

接近清晨,天色依然昏暗的时候,发生了一场骚动。一群逃难的老鼠冲进了地道,努力爬过墙壁。手电筒照亮了混乱的场景。所有人都尖叫着、咒骂着打了上去。积蓄多时的愤怒与绝望终于爆发了出来。人们的脸扭曲着,用手臂击打着,老鼠尖叫着,要我们停下来是一件很困难的事情,我们还差点互相打起来。

这场爆发令我们精疲力尽。我们躺下,继续等待着。真是一个奇迹,我们的掩蔽壕里依然没有出现伤亡。这里是现存的最浅的坑道了。

一个下士爬了进来,带着面包。三个人成功地在夜晚突围,拿到了食物。他们说,火力一直都很强劲,一直打到了我们的炮兵营地。这真是个谜,他们从哪里搞到那么多的大炮。

我们只能等待,等待。中午,我预料的事情发生了。一个新兵突然变得疯狂。我已经观察他很久了,看见他不安地咬牙切齿,攥紧拳头然后又松开。那种疯狂的、凸出的眼睛我们已经很熟悉了。在之前的几小时里,他只是维持着表面上的平静,现在就像一棵腐朽的树木一样倒塌了。

他站了起来,悄悄地蹭了过去,迟疑了片刻,又溜到了出口处。我拦住他问道:"你想去哪里?"

"我马上就回来。"他说,想从我身边走过去。

"再等一等,炮火会停的。"

他听着,眼睛瞬间变得明亮,然后眼里又出现了疯狗一样浑浊的光,他沉默地推开了我。

"等一下,战友!"我喊道。卡钦注意到了。就在这个新兵推开我的时候,他跑了过去,我们按住了他。

他立刻开始大叫:"让我走,让我出去,我要离开这里!"

他不肯停止,向四下拍打着,潮湿的嘴含含糊糊地喷溅着一些话语,毫无意义的话语。这是战壕恐惧症发作的表现,他觉得自己快要窒息了,心里只有一个念头:出去。如果让他跑出去,他就会在无遮无拦的情况下乱跑。他不是第一个这样的人。

他看起来像是疯了,眼神已经变得迷茫,没有办法,必须把他打一顿,他才能恢复理智。我们立刻毫不留情地下手了,他暂时平静地坐了下来。其他人看到这一切,都变得脸色苍白,希望这也能够吓到他们。这样的炮火对这些可怜的小伙子来说太猛烈了。他们从新兵营直接来到了这样的地狱里,在这里,就连老兵也会长出白发。

之后,窒息的空气更严重地折磨着我们的神经。我们就好像坐在墓地里,只等着被埋葬。

突然之间,大炮的号叫和闪电变得更可怕了,掩蔽壕所有的接缝都在这一次攻击之下崩裂了,幸运的是这颗炮弹很轻,混凝土还承受得住。它发出金属叮当的可怕声音,摇晃着墙壁,步枪、钢盔、污泥、土块和尘土四下纷飞。硫黄的浓烟灌了进来。如果不是在坚固的掩蔽壕,而是在新建的轻型建筑里,我们现在就已经全军覆没了。

即便如此,影响也很严重。那个新兵又开始吼叫,还有两个人也加入了其中。有一个挣脱了,跑了出去。我们努力按住另外两个人。我扑倒了一个逃兵,思考着要不要给他的腿上来一枪,——然后就传来了呼哨的声音,我扑下去,等到我站起来的时候,战壕的墙上沾满了炽热的弹片、碎肉和军装的碎片。我爬了回去。

第一个闹事的新兵好像真的疯了。一把他放开,他就像山羊一样用头撞墙。晚上必须设法把他送到后方去。我们先把他绑了起来,但是要在敌人发动进攻的时候可以立刻给他松绑。

卡钦建议打斯卡特牌,——我们还能够做什么呢,也许这样还更轻松。但没有用,我们仔细听着近处的每一次爆炸,进攻和防守的时候都出错了花色,只能放弃。我们就好像坐在一个轰鸣的大锅炉里,四面都受到捶打。

夜晚又来了。我们现在已经紧张得麻木了。这是一种致命的紧张,就像尖锐的刀锋一样沿着我们的脊柱切割。双腿发软,双手颤抖,身体成了疲惫而又压抑的疯狂之上一层薄薄的皮肤,笼罩在很快就要爆发出来的咆哮之上,那是一种无边无际、无休无止的咆哮。我们不再有肉身,也不再有肌腱,我们不再能够注视着彼此,因为恐惧着某种意料之外的事情。因此我们紧紧抿着嘴唇——这一切会过去的——这一切会过去的——也许我们能撑过去。

*

近处的爆炸突然停止了。炮火持续着,但是已经减弱,我们的战壕变得安全起来。我们拿起手榴弹,向战壕前面扔出去,然后跳了出去。炮火停止了,我们后面是猛烈的掩护射击。进攻开始了。

没有人会相信,在这片被摧毁的荒原上还有人类存在。但现在,到处都是从战壕中浮现出来的钢盔,距离我们五十米外已经架好了机枪,已经开始扫射了。

铁丝网的工事已经被打散了,但还是能够起到一些阻拦作用。我们看着冲锋军队跑过来。我们的炮兵开火了,机枪嗒嗒扫射,步枪嘎嗒作响。敌方的人已经跑了过来。海伊和克洛普开始投手榴弹。他们要尽可能扔得快一点,所以我们先给他们扯掉引线。海伊能投六十米远,克洛普能投五十米远,我们测试过这项能力,这很重要。在奔跑的状态下,对方只有在距离我们三十米以内的地方才能做点什么。

我们看到了许多扭曲的面孔、扁平的钢盔,是法国人。他们冲到了铁丝网工事的残骸那里,已经可以看出明显的死伤。机枪打倒了一排又一排的敌人,但是我们装子弹时还是遇到了许多困难,所以他们越靠越近。

我看到他们中间一个撞到了一个拒马上面,脸高高地扬了起来。身体瘫软了,双手悬挂着,好像想要祈祷。然后他的整个身体倒了下来,只有被击落的双手和残余的一截手臂挂在铁丝网上。

在我们撤退的那一瞬间,地平线上出现了三张面孔。其中一张戴着钢盔,可以看到漆黑的胡髭和两只死盯着我的眼睛。我抬起手,但是我没有办法在这双奇异的眼睛面前投弹,在这个疯狂的瞬间里,整个战场就像马戏团一样在我周围转来转去。这两只眼睛一动不动，然后他伸出头来，一只手做了一个动作，我的手榴弹飞了过去，打中了他。

我们跑回去，把拒马拉到战壕里，让扯掉引线的手榴弹落到我们身后，这样的火力可以保障我们安全撤退。机枪早已在下一个阵地开了火。

我们已经变成了危险的野兽。我们没有战斗，只是在保护自己免受毁灭。我们不是在将手榴弹投向人类，在这一瞬间只知道死神的双手和钢盔在追逐我们，我们在这三天里第一次看清楚了，我们是在面对死神作战，我们的心里胀满了疯狂的怒火，不再无力地躺在绞刑架上等待，我们可以毁灭，可以杀人，为了拯救自己，为了复仇。

我们蹲在每一个角落里，在铁丝网后面将大量的炸药扔到逼近的敌人脚下，然后再逃跑。手榴弹的爆裂声强力地冲击着我们的手臂、双腿。我们像猫一样弓着腰奔跑，被气浪淹没，它裹挟着我们，使我们变得残暴、变成强盗、杀手和恶魔，这股气浪怀着恐惧、愤怒和对生活的渴望，使我们的力量翻了倍，使我们寻求拯救，开始战斗。就算你的父亲在敌方阵营里，你也会毫不犹豫地将手榴弹投向他的胸膛！

前面的战壕已经被我们放弃了。那还是战壕吗？它们已经被撕碎、被摧毁了——只剩下残骸，由走廊连接起来的洞孔和弹坑，此外无他。但敌人那边的损失也一样惨重。他们也没有想到我们的抵抗力这么强。

*

快到中午了。太阳火辣辣地燃烧着,汗水蜇痛了我们的双眼,我们用衣袖擦掉汗水,却发现里面也有鲜血。第一个保持得不错的战壕出现了。里面已经有人了,准备反攻,他们接纳了我们。我们的炮兵猛烈开炮,封锁住了对方的进攻。

我们身后的部队壅塞了。他们无法前进。炮兵击退了攻击。我们潜伏着。炮火又延伸了一百米,我们再次动身。我旁边的一个二等兵的脑袋被炸碎了。他还又跑了几步,鲜血像喷泉一样从他的喉咙里喷出来。

还没有到短兵相接的程度,敌人不得不撤回去。我们又来到了之前战壕的废墟,越过它前进。

这些变化啊!我们来到了受保护的后备阵地,想要爬进去,消失在里面,——却不得不转身,再次投身于恐怖的环境。如果我们在这一刻没有成为机器,我们就会躺着不动,精疲力尽,意志尽失。但我们又开始被迫向前,毫无斗志却充满了疯狂的野蛮和愤怒,我们想要杀戮,因为那里的人现在就是我们的死敌,他们的步枪和手榴弹对准的是我们,如果我们不消灭他们,他们就会消灭我们!

棕褐色的大地,炸碎的、炸裂的棕褐色的大地,在阳光的照耀下闪烁着肥沃的光芒,这是我们这些不安而又沉闷的机器的背景，我们的喘息像是羽毛在颤抖，嘴唇干燥，头昏脑涨，就像彻夜纵饮之后的感觉——我们就这样摇摇晃晃地前进，一幅折磨人的景象刺进了我们被打破、被打烂的灵魂，棕褐色的大地和肥沃的太阳，还有那些垂死抽搐的士兵，他们就躺在那里，当我们跳过去的时候，他们就抓住我们的腿喊叫着。

我们丧失了对彼此的一切感觉，如果有一个人落入我们狩猎的视线，那么我们几乎无法认出他来。我们是无知无觉的死者，因为某种伎俩，某种危险的魔法，才能继续奔跑和杀戮。

一个年轻的法国人掉了队，他被追上了，举起了双手，一只手还拿着左轮手枪，——我们不知道，他想要开枪还是想要投降——铲子一下就劈到了他的脸上。另一个法国人看见以后，试图逃跑，可是一把刺刀刺进了他的后背。他高高跳起来，伸展手臂，张大嘴喊叫着，摇摇晃晃，背上的刺刀摇摆着。还有一个扔掉了步枪，蹲下来，双手捂住眼睛。他和另外几个俘虏被留下来，用来运送伤员。

突然间，我们在追击中来到了敌方的阵地。

我们紧追撤退的敌人，所以几乎与他们同时抵达了阵地。因此我们的损失很少。一把机枪开始扫射，但是我们投了手榴弹，把它打坏了。无论如何，它只需要几秒钟就可以射中我们五个人的腹部。卡钦用枪托把一个还没有受伤的机枪手的脸砸烂了。其他人还没有来得及掏出手榴弹，就被我们刺死了。然后我们饥渴地喝起了机枪的冷却水。

到处都是铁丝钳的吱嘎声音，木板在防御工事上面扑腾着，我们跳进狭窄的通道，进入战壕。海伊一铲子劈进一个高大的法国人的颈部，然后他扔出了第一颗手榴弹。我们弯下腰，在一堵胸墙后面躲了几秒钟，然后前面的一段战壕就都没有人了。接下来斜抛到角落的手榴弹嘶嘶作响，炸开了一条路。我们跑着，把满手的炸药都扔进了壕沟里，大地在颤抖、在吱呀、在冒烟、在呻吟。我们跌跌撞撞地走过湿滑的碎肉，走过柔软的躯体。我一脚跌进了一个被炸裂的腹部里面，上面还放着一顶崭新的、整洁的军官帽。

战斗暂停，和敌人的交锋停止了。我们不能在这里久留，必须得在炮兵的掩护之下回到自己的阵地。我们还没怎么反应过来，就以最快的速度冲进最近的掩蔽壕，给自己抢储备品，在撤离之前，看到什么就拿什么，尤其是咸牛肉罐头和黄油。

我们安全地回来了。对面暂时没有继续进攻。我们躺了一个多小时，喘着气，休息着，然后才有人开始说话。我们已经耗干了力气，尽管非常饿，却根本没有想到那些储备品。之后我们才渐渐地变得有点像是人类。

敌人的咸牛肉闻名整个前线。我们有时候搞突袭，甚至就是为了这个，因为我们伙食一般都很差，一直在挨饿。

我们一共卷走了五罐咸牛肉罐头。对面的人比起我们这些只有萝卜酱吃的饿死鬼来说，简直是又讲究又奢侈，他们一直都有肉吃，只需要伸伸手指就行。此外，海伊还拿了一条细长的法式白面包，把它别在腰后，就像一把铲子。有一角沾了一点血，但也可以把它切掉。

我们现在能够吃上点好东西了，真是幸运，花了那么大力气，毕竟还是有用的。吃饱肚子这件事就像一条好的掩蔽壕，因此我们才这么贪婪，因为它可以救我们的命。

恰登还弄到了两个装着白兰地的军用水壶。我们轮流喝着。

*

傍晚的祈福开始了。夜晚降临，浓雾从弹坑里升了起来。看起来就好像是神秘的幽灵填满了洞穴。白雾先是满怀恐惧地在周边潜行，接着鼓起勇气，沿着弹坑边缘滑出去。就这样，弹坑之间拉起长长的雾幔。

天气很凉。我站在哨岗上凝视着黑暗。我有点沮丧，每次进攻回来都一样，因此要我独自面对自己的思想就更加困难。那其实不是思想，而是回忆，它在我变得软弱的时候袭击我，奇怪地改变了我的心绪。

照明弹高高升起——我看到一幅场景，一个夏日黄昏，我坐在大教堂的回廊里仰望着高高的玫瑰灌木，它们在安葬神父的小小的十字花园里绽放着。周围是以玫瑰花冠做成底座的石像。那里没有别人，一种深沉的寂静笼罩着开花的四壁，阳光暖暖地落在厚重的灰石头上面，我把手贴上去，感受到了温暖。石瓦屋顶的右侧角落里，可以看到绿色的教堂钟楼，冲破了傍晚疲倦、温柔的蓝色。在拱形回廊那些闪闪发光的小柱子中间，是一种教堂里才有的清凉的幽暗，我就站在那里，想着二十岁的时候，我将知晓一切有关女人的谜题。

这幅场景切近得令人吃惊，它触动了我，然后又消融在下一颗照明弹的火光里。

我抓住我的步枪，举正位置。枪管发潮，我用手紧紧抓住它，然后用手指擦干它。

在我们的城市后面的草场中间，一条小溪旁边，生长着一排古老的白杨树。从远处就能望见它们，尽管只有溪水的一侧有杨树，但这条路依然被称为"白杨树林荫道"。还是孩子的时候，我们就对它们怀有着某种偏爱，它们有着难以言喻的吸引力。我们整天都在树下度过，听着树叶柔和的窸窣声。我们坐在树下的溪岸上，双脚在清澈的急流里悬荡着。流水纯净的气息和清风吹过白杨树的旋律支配着我们的幻想。我们非常热爱这里，那些日子的场景再一次叩击着我的心灵，过了许久才消散。

奇怪的是，所有涌上心头的回忆都有两个特点。这些回忆永远充满了寂静，这是最大的特点，尽管实际上并非如此，却也总是显得非常寂静。它们都是无声的场景，以目光和手势和我说话，一言不发，保持缄默，——它们的缄默又令人震惊，强迫我整理衣袖，抓住步枪，不要沉湎于解脱与诱惑的感觉，我的身体会在那种感觉中舒展，想要温柔地流逝，溶解在事物背后寂静的力量之中。

这些回忆如此寂静,我们简直难以理解。前线根本没有安宁,而前线的魔咒永远无法摆脱。即使在后方的营地和营房里,我们的耳畔也回响着炮火的嗡嗡声和低沉的隆隆声。我们从来没有来到一个足够远的地方,能够什么都听不见。尤其是最近,炮火已经到了不堪忍受的地步。

这种寂静导致,往日的场景唤起的与其说是希冀,不如说是悲痛——那是一种巨大的、令人手足无措的忧郁。它们曾经存在,但不会再回来了。它们已经过去了,已经是另一个世界了,一个对我们来说已经消逝的世界。在练兵场上,它们唤起了某种反叛的、野性的渴望,那时候它们依然与我们紧密相连,我们依然彼此相属,尽管我们已经彼此分割开来。在我们唱军歌的时候,它们就浮现出来,在我们迎着朝霞走在漆黑的树影之间,去荒野操练的时候,它们就藏在我们的心中,从我们的体内流溢出来。

但是在这里,在战壕里,我们已经失去了它们。它们不再从我们体内流溢出来,——我们已经死了,它们远远伫立在地平线上,那是一种显灵,一种神秘的反光,搜寻着我们。我们惧怕它们,又不抱希望地深爱着它们。它们如此强大,我们的渴望也如此强大,但它们依然是遥不可及的,我们也知道这一点。它们就像我们想要当上将军的希望一样徒劳。

即便有人将它们还给我们,将我们青春时代的那些风景交还给我们，我们也不太知道该怎么办。它们传递给我们的那种温柔力量不会重来。我们想要活在这种力量的包围之下，想要回忆它，热爱它，在想起它的时候感到触动。但那就像我们在一位死去的战友的照片前面沉思一样，这是他的模样，这是他的面孔，而那些和他一起度过的日子已经在回忆里变得虚假。他也不再是他自己了。

我们无法再像过去那样，与我们的回忆紧密相连。这倒不是对它们的美丽和它们的情绪的理解把我们吸引住了，而是那种共同的情感，那种对我们生存中的事物和变故如同兄弟之谊般的感同身受，它为我们的世界划清了界限，使我们父母的那个世界变得难以理解，——因为我们总是温柔地迷失在他们的爱意之中，最小的细节也经由我们变成了永恒。也许这只是属于我们青年人的特权——我们还看不到生活的疆界，我们还没有撞到某个尽头，我们的血液里还流淌着期待，它使我们与每一天的经历融为一体。

如今，我们就像旅人漫步于青年时期的地貌。我们已经为一些事实吃尽了苦头，我们已经像商人一样明辨利害，像屠夫一样知道什么是必须做的。我们不再无忧无虑，——我们冷漠得可怕。我们就是会变成这样，但是我们会活下去吗？

我们像孩子一样被人遗弃，又像老人一样经验丰富，我们既粗糙，又悲伤，还肤浅，——我觉得，我们已经迷失了。

*

我的双手冰凉，皮肤开始发颤，但其实今天晚上很温暖。只有雾气显得冰凉，这种可怕的雾气拖着步子走到我们前方的死者中间，榨干他们最后一丝已经焦化的生气。明天他们就会显露出惨白和青绿的面色，他们的血液将停止流动，变得乌黑。

照明弹不断地升空，将无情的光投向石化的风景，这片满是火山口和冰冷光线的风景就宛若月球表面。皮肤下面的血液将恐惧和不安注入我的思想里。我的思想变得软弱，颤抖起来，渴望着温暖与生命。它撑不过没有安慰和幻觉的日子，迷失在赤裸裸的绝望的景象之中。

我听到了锅碗的撞击声，立刻开始非常渴望温暖的食物，这对我有好处，会让我平静下来。我努力克制着自己，一直等到有人来换岗。

然后我走进掩蔽壕，找到了一杯大麦糊。里面有油脂，味道很好，我慢慢地吃着。但是我依然保持着沉默，尽管其他人的情绪都好了很多，因为炮火停止了。

*

时间流逝着，每一分钟都难以理解，却又自然而然。进攻与反攻交替进行，双方战壕的弹坑中间渐渐堆满了死者。大部分时候，我们还可以去救位置不太远的伤员。但有些人不得不在那里躺很久，我们听着他们垂死的声音。

有一个伤员，我们徒劳地搜寻了两天。他肯定是趴在地上，无法转身，否则无法解释我们为什么找不到他。因为如果他只能嘴巴贴着大地叫喊，我们就很难确定方位。

他肯定是被狠狠地击中了，伤得很重，但没有严重到很快耗尽体力，或者直接陷入半昏迷状态，不过肯定也不轻，没有轻到让他抱着治愈的希望扛过伤痛。卡钦觉得他可能是被打碎了盆骨，或者是脊柱中了弹。胸腔应该没有受伤，否则他就没有那么多力气叫喊了。如果是其他部位受伤，我们也应该可以看见他在移动。

他的声音逐渐嘶哑。声调听起来十分痛苦，仿佛来自四面八方。第一天晚上，我们有三个人出去找他。但是每当他们觉得自己找到了方位，爬了过去，就会听到声音来自别处，等到他们再过去，声音又换了位置。

直到破晓，我们都在徒劳地搜寻着他。整个白天，我们用望远镜彻查了整个战场，什么也没有发现。第二天，声音变轻了，我们意识到他已经口干舌燥了。

我们的连长承诺，找到他的人可以优先休假，而且还可以多休上三天。这是个巨大的诱惑，但如果不是这样，我们也会尽力去找他，因为他的呼喊非常可怕。卡钦和克洛普甚至在下午又去了一次。克洛普为此被打掉了一个耳垂。但这些都是徒劳的，他们没有找到他。

他的叫喊可以听得清清楚楚。一开始他只喊救命——第二天晚上他肯定是有点发烧,开始呼唤他的妻子和孩子,我们经常能够听到艾莉瑟这个名字。今天他只是哭泣了。傍晚,他的声音变得嘶哑。但整个晚上他都在轻声呻吟。我们听得非常清楚,因为风吹向了我们的战壕。早晨,我们觉得他已经安息了,却又传来了一阵垂死的喉音。

那些天很热,死者都没有办法得到掩埋。我们没有办法把所有人都带过来,我们也不知道该把他们葬在哪里。手榴弹会埋葬他们的。有些人的肚子鼓得像气球。他们嘶嘶作响,打着嗝,动来动去。气体在他们体内隆隆作响。

天空湛蓝无云。傍晚,天气变得闷热,热气从地上升腾起来。风向我们吹来的时候,一阵沉郁的血腥味也被吹了过来,带着令人作呕的甜味,弹坑里死者的气味混杂着麻醉剂和腐烂的味道,闹得我们反胃,只想呕吐。

*

夜晚一直都很平静,我们开始出发去找榴弹的铜导环和法国照明弹的丝绸伞布。为什么大家这么想要铜导环,其实没有人真正知道。收藏的人只是简单地下断言说,它们肯定很值钱。有些人带了太多,动身的时候,被压得走起路来弯腰驼背、歪歪斜斜。

海伊至少给出了一个理由，他想要把它们当作吊袜带送给他的新娘。这当然逗得那些弗里西亚人笑得没完没了，他们拍着膝盖，说真好笑，见了鬼，海伊的耳朵后面还真的有个脑子。尤其是恰登根本无法自持，他拿着最大的环，每次听到这个就把环套在自己的腿上，证明还大出了多少。"海伊，天哪，那她得有怎么样的一双腿，一双腿啊！"——他逐渐开始放飞自己，"还有臀部，肯定得像——像一头大象。"

这样还不够。"我真想和她玩拍大腿的游戏，我的天哪……"

海伊容光焕发，因为他的新娘得到了这么多的关注，他满足而简明扼要地说道："必须得壮实！"

丝绸伞布更有实际价值，能够做三到四件女式衬衫，这取决于胸围大小。克洛普和我想用它做手帕。其他人把它寄回家里。如果女人们知道我们冒着什么样的风险弄到了这些薄薄的布片，肯定会大吃一惊。

卡钦诧异地看着恰登，他正从容地试图从一颗没有爆炸的榴弹上面敲下几个铜导环。在其他人手中，这个东西会爆炸，但是恰登一直很走运。

有一天，有两只蝴蝶在我们的战壕前面翩跹戏耍了一上午。是黄翅蝶，黄色的翅膀上有红色的斑点。它们在这里做什么呢，四周没有任何植物和花朵。它们歇息在一个颅骨的牙齿上面。群鸟也像它们一样无忧无虑，早就习惯了战争。每天早晨，云雀都在前线起飞。一年前,我们甚至旁观到了它们孵蛋的过程,直到幼鸟也飞上高空。

我们总算是摆脱了战壕里的老鼠。它们在前面——我们知道为什么。[①]它们变得肥胖,我们看到一只就开枪击毙一只。晚上,我们又能听见对面的车轮声了。白天只是常规的炮火,我们还可以加固一下战壕。也可以娱乐一下,就是看那些飞机。每天有无数场空战给人观看。

我们很喜欢战斗机,但是侦察机就像瘟疫一样,因为它们会把炮火引到我们这里。在它们现身的几分钟后,就会有炸弹和榴弹轰过来。我们因此在一天内损失了十一个人,其中还有五个卫生员。有两个被完全炸碎了,恰登觉得可以用勺子把他们从战壕的墙上刮下来,葬在饭碗里。另一个人整个下身都被炸掉了。他死了,倚靠在战壕的胸墙上,脸色呈现出柠檬黄,浓密的胡须中间还闪烁着一根香烟。它一直闪烁着烧到了嘴唇。我们暂时把死者放在一个大弹坑里。现在已经叠了三层。

*

突然之间,炮火又开始轰鸣。我们很快又坐了起来,紧张地凝视着,无所事事地等待着。

[①] 指这些老鼠以死人为食。

进攻，反攻，推进，反推进——这些都是术语，但它们到底意味着什么？我们损失了许多人，大部分都是新兵。我们这个区域又得到了增援。这是一个新的兵团，几乎全是刚刚征来的年轻人。他们几乎没有受过训练，在上战场之前只学过一点理论知识。他们知道榴弹是什么，却对掩体几乎没有概念，对所有的事情都不懂得观察。土坡必须堆到半米的高度，他们才看得见。

尽管我们亟须增强兵力，但这些新兵与其说是来帮助我们的，不如说是来增加我们的工作量的。他们在这个受到严重攻击的地方束手无策，像苍蝇一样纷纷倒下。如今的阵地战要求知识和经验，必须了解地形，必须能够听出各种炮弹的声音和威力，必须提前判断出炮弹的布局，炮弹会落在哪里以及知道如何保护自己。

这些年轻的增员对这些当然都一无所知。他们被击中，因为他们几乎识别不出榴弹的弹片；他们被扫射，因为他们害怕那些蜷缩在后面、"并不危险"的大口径炮弹的咆哮，而没有留意到那低低地在低处炸开的小弹片像口哨一样轻柔的嗡嗡声。他们像绵羊一样挤在一起，而不是四散奔跑，就连伤员也会被飞机像打兔子一样击中。

这些苍白的、惊恐的面孔，这些束手无策的、握拳的手，这些可怜的狗一样的东西，怀着悲惨的勇气，尽管如此，还是在前进，在进攻，这些勇敢的、可怜的狗一样的东西，吓得不敢大声号叫，胸膛、腹部、手臂和双腿都被撕裂，轻声地呜咽着自己的

母亲,如果有人看着他们,他们立刻就会停止哭泣!

他们垂死的、长着柔软胡须的尖脸,带有死婴一样令人惊恐的面无表情。

如果你看到他们跳起来、奔跑和跌倒,就会觉得喉咙哽住。真的想把他们打上一顿,因为他们太蠢了,真想抓住他们的手臂,带他们离开这里,因为这里没他们什么事。他们穿着灰色的外衣、裤子和靴子,但大多数人的制服都太大了,悬吊在肢体上,他们的肩太窄了,身材太矮小了,根本没有给这些孩子穿的制服。

如果死了一个老兵,那么就会死五到十个新兵。

一次毒气偷袭就卷走了许多生命。他们根本没有料到,等待着他们的是什么。我们发现一个掩蔽壕里满是面庞发蓝、嘴唇乌黑的新兵。他们在一个弹坑里过早地摘下了面具,不知道毒气在低处停留的时间更长,他们看到上面的其他人不戴面具以后,就也摘掉了面具,还吸了好几口气,把肺烧坏了。这种情况令人绝望,他们会咳血,然后窒息而死。

*

在一段战壕里,我突然看见了西莫尔斯托斯。我们躲在同一个战壕里,大气也不喘地挨着彼此躺着,等待冲锋开始。

尽管我已经很激动了,但是在跑出去的时候,我的脑子里还是闪过一个念头：我看不见西莫尔斯托斯了。我立刻跳回战壕里，找到了他，他躺在角落里，用一点小小的皮外伤假装伤员。他的脸就像刚被人打过一样。他非常惊恐，他在这里也是个新人。但我生气了，因为年轻的增员都在外面，他却在这里。

"出去！"我嘶声道。

他没有动，嘴唇颤抖着，胡髭也在抖。

"出去！"我重复了一遍。

他收回双腿，蹲在墙角，像野狗一样露出牙齿。

我抓住他的手臂，想把他拽上来。他开始尖叫。这让我神经紧张。我捏住他的脖子，像摇一个麻袋一样摇晃着他，让他的脑袋转来转去，对着他的脸喊道："你这个无赖，你得出去——你这条狗，你这个恶棍，你想躲起来？"他变得呆滞，我把他的头撞到墙上——"你这畜生"——我踢着他的肋骨——"你这头猪"——我把他的头往外推。

一波新的部队刚好从我们身边经过。有一位中尉在里面。他看着我们喊："前进，前进，跟上，跟上——！"我用殴打做不到的事情，他用一句话就做到了。西莫尔斯托斯很听从命令，警惕地张望了一下，就加入了队伍。

我跟在后面，看着他跳上前去。他又成了练兵场上那个大胆的西莫尔斯托斯，甚至超过了那位中尉，远远地跑在了前面——

炮火，枪火，弹火，地雷，毒气，坦克，机枪，手榴弹——这些是术语，术语，但它们包含了全世界的恐怖。

我们的面孔结了痂，我们的思想变得荒芜，我们累得要死。如果进攻到来，有些人就不得不动拳头，让别人清醒地跟上。我们眼睛发炎，双手撕裂，膝盖流血，肘部破裂。

过去了几个星期？几个月？还是几年？其实只过去了几天。我们看见时间在垂死的人们那黯淡的面孔上流逝，我们一勺勺吃着食物，我们奔跑，我们投弹，我们射击，我们杀戮，我们随处躺下，我们虚弱又麻木，没什么东西支持我们，只知道还有比我们更虚弱、更麻木、更无助的人。他们睁大眼睛，看我们的样子就像看时常从死神手里逃脱的神灵。

在短暂的休息时间里，我们对他们进行指导。"那里，你看到那个摇晃的尖头了吗？那是迫击炮弹！躺着别动，它就会从头顶飞上去。但如果是这样的轨迹，那就快跑！可以躲过去的。"

我们教他们听小炸弹危险的嗡鸣声，那是一种几乎察觉不到的声音，他们必须在爆裂声中识别出这种蚊子一样的嗡嗡声。我们告诉他们，它们比那些在远处就能听到的大炮更危险。我们给他们演示如何躲避飞机，进攻的时候被追上如何装死，如何拉手榴弹才能在落地半秒前爆炸，——我们教他们，遇见带引线的榴弹要像闪电一样扑进弹坑里，我们演示如何用一捆手榴弹炸出一条战壕,我们解释我们和敌人的手榴弹在引爆时间上的区别,我们让他们留意毒气弹的声音,教他们能够从死神手里脱身的妙计。

他们听着,都很顺从——但是在进攻开始的时候,大多数人在激动之中却把样样都做错了。

海伊·威斯特胡斯的背部被炸开,被带走了。每次呼吸的时候,我们都能透过伤口看见肺在搏动。我只能紧握住他的手,——"我完了,保罗。"他呻吟着,疼痛地咬着自己的手臂。

我们看着别人还活着,然后头盖骨被炸开;我们看着士兵奔跑,然后双脚都被炸掉,靠着残破的躯干撑到了下一个弹坑;有一个二等兵用手爬了两公里,身后拖着被炸碎的膝盖;另一个人走到了急救站,双手捧着流出来的肠子;我们看到了没有嘴、没有下巴、没有面孔的人;我们找到了一个人,他用牙咬了两个小时自己手臂的动脉,为了不失血而死。太阳下山,夜晚降临,榴弹呼啸,生命到了尽头。

但我们躺卧的这一小块经过狂轰滥炸的土地,却在如此强大的火力面前守住了,我们只放弃了几百米。但每一米土地上都有一位死者。

*

我们被换防下来。车轮滚动着载我们远去,我们麻木地站着，听到呼喊："注意——电话线！"就弯一下膝盖。我们来这里的时候还是夏天，树木依然葱绿，现在已经显露出了秋季的景色。夜晚灰暗又潮湿。卡车停住，我们爬下车，一群杂编的士兵，许多部队的残兵。两侧站着黑压压的人群，呼喊着团和连的番号。每叫一声就有一小群人出列，稀稀拉拉的一群人，肮脏又面色惨白的士兵，可怕的一小群人与可怕的一小群残余。

有人叫到了我们连队的番号，是的，我听出来那是我们的连长，他也来了，手臂上缠着绷带。我们走向他，我认出了卡钦和克洛普，我们站在一起，靠在一起，注视着彼此。

我们又听到他喊我们的番号，一次又一次地喊着。就算他继续喊，战地医院和弹坑里的人也听不见了。

又一遍："二连出列！"

然后放轻声音："二连没有别人了吗？"他沉默下来，然后用更嘶哑的声音问："所有人都在吗？"然后下令："报数！"

早晨一片灰暗，我们来的时候还是夏天，一共有一百五十人。现在我们开始颤抖，已经是秋天了，树叶在风中窸响，疲惫的声音拍打着："一——二——三——四——"到了三十二就停了下来。沉默了很久，然后连长问道："还有人吗？"——又等了一下，然后轻轻说"列队——"，中断了一下，最终说完了"二连——"，艰难地继续："二连——便步走！"

一个队列，一个短短的队列摸索着走向晨曦。

三十二个人。

7

我们被送到一个比以往更远的战地新兵营,我们可以在那里重新整编。我们连需要增员一百多人。

在那段时间里,只要不执勤,我们就到处闲逛。两天以后,西莫尔斯托斯加入了我们。自从到过战壕,他就不再那么傲慢了。他建议我们和平相处。我很乐意,因为我看见他帮助别人把后背被炸裂的海伊·威斯特胡斯抬走了。此外,他也说了一些真正理性的话,比如如果我们没有吃的,他就请我们去食堂吃饭。只有恰登还是不信任他,对他有所保留。

但恰登也被争取了过去,因为西莫尔斯托斯说,他要接替休假的炊事员。为了示好,他立刻给我们弄了两磅糖,还特意给了恰登半磅黄油。他甚至让我们在接下来的三天里负责在厨房削土豆皮和萝卜皮。他在那里给我们准备的伙食是无可挑剔的军官水准。

我们一瞬间拥有了能让士兵感到幸福的两件东西:良好的伙食和休息。如果好好考虑一下,这也不算什么。两年前的我们可能会狠狠地鄙视自己。但现在我们却十分满足了。一切都是因为习惯,就连掩蔽壕也是。

习惯是我们看起来能够这么迅速地遗忘的根本原因。前天我们还置身炮火，今天我们就愚蠢地闹来闹去，明天我们又要进战壕。实际上我们什么也没有遗忘。只要我们还不得不留在战地，前线的那几天一旦结束就会像石头一样沉落到心底，因为它们太沉重了，我们没有办法立刻对此进行思索。如果我们这样做，它们就会杀死我们，因为我已经注意到了：只需要屈服，就可以忍受恐怖；但如果加以思索，你就会被杀死。

就像我们上前线的时候都变成了野兽，我们在休息的时候也会变成肤浅的人，只会开玩笑和睡懒觉。我们没有别的办法，没有别的选择。我们不惜一切代价想要活下去，因此我们无法承受情感，它在和平时期是美好的装点，在这里却是错误的。克梅里希已经死了，海伊·威斯特胡斯正在垂死挣扎，汉斯·克拉梅斯被重创的身体在末日审判之前要花上一番功夫才能拼凑完整，马尔滕斯没有腿了，迈尔死了，马克斯死了，拜耳死了，海梅林死了，某个地方躺着一百二十个中弹的人，真是可恶，但是这和我们有什么关系，我们还活着。如果我们能救他们，那么所有人都会看到我们奋不顾身地冲上去。如果我们愿意，我们就有一肚子苦水。我们已经不再那么懂得惧怕——也许还懂得对死亡的惧怕，但这完全是另一回事，这是生理性的。

但是我们的战友死了，我们帮不上他们，他们安息了——谁知道等待着我们的是什么。我们想要躺下睡觉，或者尽可能地吃

得饱饱的,然后喝醉酒、抽抽烟,这样时间就不会流逝得那么荒芜。人生苦短。

*

一旦我们返回后方,前线的恐怖就沉落了,我们宁可把它变成卑鄙又邪恶的笑话。如果有人死了,我们就说他夹紧了屁股,我们就这样谈论一切,这使得我们免于疯狂,只要我们还能这样说笑,我们就能够进行抵抗。

但是我们并没有遗忘!战地报纸上那些有关部队的金子一样的幽默,刚从炮火里返回就开始跳舞,都是一派胡言。我们这么做不是因为我们真的幽默,而是我们不得不幽默。否则我们就会崩溃。这种伪装也不会持续太久,幽默每个月都变得更苦涩。

而我知道:所有现在发生的一切,只要我们还在参战,就会像石头一样沉落在我们心底,在战争结束后它们才会浮现出来,然后生与死的探讨才会开始。

前线的每一天、每一星期、每一年都会重返,我们死去的战友会复活,与我们一起行军,我们的头脑会变得清醒,我们将会有一个目标,我们会这样行军,死去的战友在我们身边,前线的年月在我们身后——可我们在和谁搏斗,和谁呢?

*

没多久以前，这一带有一家前线剧院。广告牌上依然贴着五彩斑斓的海报。克洛普和我睁大眼睛站在前面。我们无法理解还有这种东西存在。上面画着一个穿着浅色夏装的少女，腰上系着一条红色的漆皮腰带。她一只手撑在栏杆上，另一只手扶着草帽。她穿着白袜子和白皮鞋，那是一双纤细的小高跟鞋。她身后是闪闪发光的蓝色海洋，翻腾着几朵浪花，有一侧是明亮的海湾。她是一个非常美丽的少女，有着窄小的鼻梁、鲜红的嘴唇和纤长的双腿，几乎是不可思议地整洁和讲究，肯定每天洗两次澡，指甲下面从来没有污垢。最多也许有一两粒海滩上的沙子。

她身旁站着一个穿白裤子的男人，穿着蓝色上衣，戴着水手帽，可是我们对他的兴趣就没那么强烈了。

广告牌上的少女对我们来说是一个奇迹：我们已经完全忘记了还有这样的人，几乎不敢相信自己的眼睛。无论如何，我们已经有几年没有见过这样的东西了，不仅仅是遥远的欢愉、美丽与幸福之类的东西。使我们感到激动的一定还有和平。

"你只需要看看这双轻盈的鞋子，行军一公里也走不了。"我说，然后立刻觉得自己是在胡闹，在这样一张海报前面还想着行军是一件愚蠢的事情。

"她大概有多大呢？"克洛普问道。

我估计着："最多二十二岁，阿尔伯特。"

"那就是比我们大了。我告诉你,她还不到十七岁!"

我们开始疯狂起鸡皮疙瘩。"阿尔伯特,那挺好,你觉得呢?"

他点点头。"我在家里也有一条白裤子。"

"白裤子,"我说,"但是这样的少女——"

我们互相看了看。这里能找到的东西不多,每个人都穿着褪色的、缝补过的、肮脏的制服。与这个少女相比,简直令人绝望。

最后,我们把那个穿白裤子的年轻人从广告牌上撕了下来,小心翼翼,以免损坏那个少女。这样就似乎扯平了。然后克洛普提议:"我们可以互相抓抓虱子。"

我并不是很赞同,因为这样很累,而且两个小时以后,虱子又会回来。但当我们又仔细看了看海报以后,我还是答应了。我甚至想得更多。"我们也可以看看,能不能搞到一件干净的衬衫——"

阿尔伯特出于某种原因认为:"最好是短袜。"

"也许也会有。我们去周围看看。"

但是正在闲逛的利尔和恰登来了。他们看到了海报,谈话立刻变得肮脏起来。利尔是我们班里第一个和女人有过交往的人,会兴奋地讲述细节。他以自己的方式激动地看着海报,恰登则激烈地表示着赞同。

我们并不觉得恶心。不够下流的人没有办法做士兵。我们只是在这一刻还不能彻底加入,所以我们大步走到一边,开始抓虱子，怀着一种置身于高级男装店的感觉。

*

我们扎营的地方临近一条运河。运河对岸有几个四周种着白杨树林的池塘，——运河对岸也有女人。

我们这一侧的民房已经被腾空了，但另一侧还能够时不时地看到居民。傍晚，我们去游泳。这时从岸边走来三个女人。她们走得很慢，目光没有回避开，尽管我们没有穿泳裤。

利尔冲着她们喊叫。她们大笑着，停下来看着我们。我们丢过去几句破碎的法语，让她们别走。她们并不出众，可是此时此刻，哪里还有那样的人呢。

其中有个瘦削、黝黑的女孩。她大笑的时候，可以看到牙齿的闪光。她动作很快，裙子松垂在腿侧。尽管水很凉，我们还是很努力地吸引她们的注意力，让她们站住别走。我们说着笑话，她们的回答我们听不懂。我们大笑，挥手。恰登是最明事理的。他跑回房间，拿了一块黑麦面包，高高举起来。

他取得了卓著的成果。她们点着头，挥着手，让我们游过去。但是我们不能这样做。到对岸是被禁止的。桥上到处都有岗哨。没有证明没法过去。因此我们翻译着这段话，叫她们来找我们，但她们摇摇头，指向桥梁。她们也被禁止过来。

她们转过身。慢慢地沿着运河往上游走，一直都沿着河岸。

我们和她们一起游过去。走了几百米以后,她们拐了个弯,指着附近的树丛和灌木丛中的一栋房子。利尔问她们是不是住在那里。

她们大笑——是的,那是她们的家。

我们对她们喊道,我们想过去,等到哨兵看不见的时候。晚上过去。今晚就去。

她们举起双手,拍在一起,脸贴在手上,闭上眼睛。她们明白了。瘦削黝黑的那一个跳起了舞步。一个金发女孩叽叽喳喳地说:"面包——很好——"

我们热情洋溢地保证,我们会带上面包,还有其他好东西,我们转着眼睛,用手对着她们比画。利尔想要说清楚"一根香肠"的时候差点溺水。如果有必要,我们会承诺搬去整个军需库。她们走了,时不时地转过身来。我们爬到我们这一侧的岸上,看着她们是不是真的走进了那栋房子里,因为也有可能是她们在耍我们。然后我们又游了回去。

没有证明就没办法过桥,因此我们打算晚上直接游过去。我们很激动,没有办法平息下来。我们没有办法待着不动,就去了食堂。那里刚好有啤酒和某种潘趣酒。

我们喝了点潘趣酒,互相扯着谎,互相谈论着梦幻般的经历。每个人都愿意相信别人,等得不耐烦起来,想要打出一张更漂亮的王牌。我们的双手也没闲着,我们抽了无数支香烟。直到克洛普说:"其实我们也可以给她们带几支香烟。"然后我们把烟塞进我们的帽子里，保存起来。

天空呈现出没有熟透的苹果绿。我们是四个人，但只能去三个，因此我们必须摆脱恰登，给他灌朗姆酒和潘趣酒，一直灌到他烂醉如泥。天黑以后，我们走向营房。恰登在中间。我们因为这场冒险而浑身发热。那个瘦削黝黑的女孩属于我，我们已经分配好了。

恰登摔倒在自己的稻草床垫上，开始打鼾。有一段时间他醒了，狡猾地咧开嘴，对我们笑着，我们吓到了，觉得他在耍花招，我们付钱买的潘趣酒没有什么用。然后他跌了回去，又睡着了。

我们三个每人拿了一整条黑麦面包，用报纸包好。我们也打包了一些香烟，还有三份猪肝肠①，这是我们今天傍晚才拿到的。这份礼物相当体面了。

我们暂时把东西藏在靴子里，靴子是非带不可的，以防在对岸踩到铁丝网和碎石。我们要游过去，所以也不需要衣服。好在天很黑，路也不远。

我们出发了，把靴子拎在手上。我们快速滑进水里，然后背朝下仰泳，把靴子和里面的东西举到头顶上。

我们小心翼翼地爬上对岸，把包裹拿出来，穿上靴子。我们把东西夹在臂下，然后小跑起来，赤身裸体，全身湿透，只

---

① 德国特色食物，用碾碎的猪肝做成，并不一定是香肠的形状，也有罐头和盒装的形式，一般是配面包食用。

穿着靴子。我们很快就找到了那栋房子。它在灌木丛中一片漆黑。利尔绊倒在一条树根上，擦伤了手肘。"没关系。"他兴高采烈地说。

窗户前面是百叶窗。我们躲起来，试图透过窗缝窥视室内。然后我们丧失了耐心。克洛普突然犹豫了。"如果现在有个军官和她们在里面呢？"

"那我们也能溜走，"利尔咧嘴笑着，"他可以在这里看到我们的番号。"他说着，拍了拍臀部。

房门开着。我们的靴子制造了不小的噪音。一扇门打开了，灯光落了下来，一个女人吓到了，叫了出来。我们说着："嘘，嘘，——战友——好朋友——"①然后一边发誓，一边高举我们的包裹。

另外两个女孩直到现在才露面，门完全打开了，灯光照亮了我们。她们认出了我们，三个人都对我们的着装笑得没完没了。她们在门框处笑得前仰后合。一举一动是多么妩媚！

"等一下。"②她们消失了，然后扔给我们几件衣服，我们高高兴兴地围上它们，然后才能进去。房间里点着一盏小灯，很温暖，散发着某种类似香水的味道。我们把我们的包裹打开，递给她们。她们的眼睛闪着光，可以看出来她们真的很饿。

然后我们都变得很尴尬。利尔做了一个开吃的手势。然后房

---

① 原文为法语。
② 原文为法语。

间又恢复了生机,她们拿来了盘子和餐刀,开始吞咽这些东西。她们每吃一小块猪肝肠都会先高高举起来,赞美几句,我们则骄傲地坐在旁边。

她们用她们的语言谈论着我们——我们听懂的不多,但我们听得出那是友善的话语。也许我们看起来还非常年轻。那个瘦削黝黑的女孩抚摸着我的头发,说着所有法国人经常说的话:"战争——天大的灾难——可怜的年轻人——"①

我紧紧地抓住她的手臂,嘴唇贴住她的手掌。她的手指环绕着我的面孔。她迷人的眼神、细腻的棕色皮肤和红润的双唇吞噬了我。她的双唇说着我听不懂的话语。我不能完全理解那双眼睛,但是它们说的比我们来这里的时候期待的还要多。

隔壁还有一个房间。我经过那个房间的时候看到利尔紧握着金发女孩的手,大声说着话。他确实知道应该怎么做。但是我——我迷失在了一种辽远、温柔和疯狂的氛围之中,将自己完全交给了她。我的愿望奇特地与渴望和沉沦混杂在一起。我开始晕眩,但这里没有任何可以握紧的东西。我们把靴子留在了门口,她们给了我们拖鞋,现在没有任何可以唤回我作为军人的安全感和骄傲感的东西:没有步枪,没有腰带,没有军装,没有帽子。我任由自己坠入不确定性,让一切顺其自然地发生——但无论如何,我还是有些恐惧。

---

① 原文为法语。

那个瘦削、黝黑的女孩思考的时候会蹙眉，但说话的时候眉毛却保持着平静。有时候声音还没有变成话语，就窒息了，或者是说了一半就从我的身边飘走了。就像一道彩虹，一条铁轨，一颗彗星。我过去知道些什么呢——我现在又知道些什么呢？——我几乎不懂这门陌生的语言，它让我在一种寂静之中昏昏欲睡。房间在褐色和半明半暗之间游离着，只有我上面的那张面孔生机勃勃，又无比清晰。

一张面孔是如此变化多端，它在一个小时之前还那么陌生，现在已经流露出了某种柔情——并不来自这张面孔，而是来自夜晚、尘世与这张面孔之上辉映的血液。房间里的东西也受到了触动，变了形状，变成了某种特别的东西，当灯光照在我的身上，那双冰冷的棕褐色的手抚摸我的时候，我几乎充满了敬畏。

这一切和在军人妓院里的事情是多么不同啊，我们在那里被允许排着长队，接受接待。我根本不愿意回想那里的事情，但它却不受控制地浮现在脑海里，我感到了惊吓，因为我也许再也无法摆脱这段记忆了。

但之后我就感受到了这个瘦削、黝黑的女孩的双唇，我的嘴唇紧贴着她的嘴唇，我闭上眼睛，希望一切都随之溶解，战争、恐惧与卑鄙，然后唤醒青春与幸福。我想着海报上的那个少女，在一瞬间相信我的生命取决于是否能够赢得她。而我的双臂越是用力抱紧，就越有可能出现奇迹。

*

就这样，过了一会儿，我们几个又聚到了一起。利尔很高兴。我们穿上靴子，诚挚地道别。夜晚的空气使我们滚烫的身体冷却下来。高耸的白杨树在黑暗中窸窣作响。月亮悬在空中，倒映在运河的水面上。我们没有跑，而是迈着大步肩并肩地走着。

利尔说："这就是一个黑麦面包的价值！"

我没有办法说话，我根本不开心。

然后我们听到了一阵脚步声，就躲到了灌木后面。

脚步声越来越近，从我们身边经过。我们看到一个全身赤裸、穿着靴子的士兵，就和我们一样，他臂下夹着一包东西，小跑着往前跳着。那是正在奔跑的恰登。他很快就消失了。

我们发出大笑。明天他肯定会咒骂我们。

我们神不知鬼不觉地回到了我们的稻草床垫上。

*

我被叫到文书室。连长给了我一张休假证明和一张车票，祝我一路顺风。我看了看我有几天假期。十七天——十四天休假，三天旅途假。太少了，我问他能否给我开五天旅途假。贝尔庭克指了指我的休假证明。我才看到，休假结束后我不需要立刻返回前线，要去海德拉戈尔的训练营报道。

其他人都很羡慕我。卡钦给我出了个好主意,教我在训练营扎下根来。"如果你足够聪明,你就可以一直待在那里了。"

其实我更愿意在八天以后出发,因为只要我们还待在后方,日子过得就还不错。

当然,我不得不在食堂里请客。我们所有人都喝了一点酒。我有点难过,我要离开六个星期,这当然是一种巨大的好运,但是当我回来的时候,事情会是什么样?我还能在这里看到他们所有人吗?海伊和克梅里希已经不在了——谁会是下一个?

我们喝酒,我依次注视着他们,阿尔伯特坐在我身边抽着烟,他一声不吭,我们常常在一起。卡钦蹲在对面,肩膀下垂,有着宽大的拇指,说话不紧不慢。穆勒的牙齿突出,一阵阵地大笑着。恰登有一双老鼠的眼睛。利尔满脸都是胡子,看起来已经有四十岁了。

我们的头顶上飘荡着浓烟。凡是有士兵的地方,不会没有烟草!食堂是一个避难所,啤酒不只是一种饮料,还是一种征兆,告诉我们可以毫无危险地伸展四肢,随意地吐口水,一直都是这样。如果我明天就要动身了,这一切为什么又要出现在我的面前!

晚上,我们又去了一次运河对岸。我几乎害怕要告诉那个瘦削黝黑的女孩,我要走了,等我回来以后,我们肯定已经不在这里了,我们再也见不到面了。但她只是点了点头,没有表现出什么。我一开始没有完全理解,但之后我就明白了。利尔说得对：如果我要上前线，她就又会说一句"可怜的年轻人"[1]，但如果我要去休假，她就不想知道更多的事情了，这件事情没有那么有趣。让她和她的嗡嗡声与说话声一起下地狱吧。我相信的是奇迹，然后才知道那只不过是一块黑麦面包。

第二天早晨，除过虱子以后，我迈着大步走向战地车站。阿尔伯特和卡钦陪着我。我们在站台上听说，火车可能要过几个小时才开。他们两个必须回去执勤。我们互相道别。

"保重，卡钦。保重，阿尔伯特。"

他们走了，又挥了几次手。他们的身影变得越来越小。我熟悉他们的每一步和每一个动作，我在很远的地方还能够认出他们。然后他们消失了。

我坐在我的行军囊上面等待着。

突然，我心里充满了焦躁，想要马上离开。

*

我躺过许多火车站，站过许多处流动厨房前面，蹲过许多条木长椅；之后外面的风景变得令人压抑、可怕而又熟悉。黄昏的车窗外飞掠过许多村落，草房子的房顶就像毡帽一样压在粉刷过的简单的房屋上面。许多麦田，像珍珠母一样在斜射的阳光下闪

---

[1] 原文为法语。

闪发光，还有许多果园、粮仓和古老的椴树。

我开始认出车站的名字，我的心听到它们就开始颤抖。火车呼啸前行，我站在车窗边，紧抓着木头窗框。这些名字划定了我青春的疆界。

平坦的草场、田野、农庄，一辆孤独地走在天边的牛车，与地平线并行。一道栅栏，农民站在前面等待着，女孩在那里挥手，孩子们在路堤上玩耍，通往村子去的道路，平平整整，没有炮兵。

天色已近黄昏，如果火车没有在轰响，我肯定会叫出来。平原广阔地展开，远处山脉的剪影开始在淡蓝色的空中升起。我认出了多尔本山独具特色的线条，像把有锯齿的梳子，陡峭地高耸在森林的树冠上。再往后就是城市了。

但现在，金红色的光芒漫溢在大地上，火车吱吱呀呀地走过了一道又一道弧线——那里是看起来非常不真实的、摇曳的、昏暗的白杨树，绵延很远，长成一大排，由光线、阴影和渴望构成。

田野早就被慢慢地抛在后面，火车绕过田地，树木的间距缩小了，在一瞬间，我只能看到一棵树。然后又一排白杨树出现在第一排树后面，它们高高地、孤独地抵着天空，直到第一批房屋将它们掩盖。

出现了一个交叉轨道口。我站在窗边，舍不得离开。其他人已经收拾好东西准备下车。我念着我们经过的街道的名字，不来

梅大街——不来梅大街——

下面是骑自行车的人、车辆和行人,那是一条灰蒙蒙的街道,一条灰蒙蒙的地下通道,——它打动了我,好像它就是我的母亲。

然后火车停了,火车站一片喧闹,到处是叫喊声和说话声。我背起我的行军囊,固定好肩带,把步枪握在手里,跌跌撞撞地下了车。

我在月台上环视四下,这些赶路的人一个也不认识。一个红十字会的护士给了我一点饮料。我拒绝了,她傻呵呵地冲着我微笑,以此确认自己的重要性:你看,我正在给士兵提供咖啡。——她叫我"战友",我刚好很不喜欢被这么称呼。

火车站外面,街道旁边的溪水哗哗流动,嘶嘶地从磨坊桥的水闸那里涌出白色的水花。那边有一座古老的四方形瞭望塔,前面是那棵树皮斑驳的巨大的椴树,后面则是暮色。

我们以前经常坐在这里——已经过去多久了——我们以前经常走过这座桥,然后就能呼吸到沉静的水域那种冰凉、腐败的气味。我们曾经在水闸这一岸的静流前俯身,那座桥墩上悬挂着青翠的藤蔓和水藻,——我们曾经在炎热的天气里去水闸的对岸,看着飞溅的泡沫,心旷神怡地说着有关我们老师的闲话。

我走上桥,往左右两边张望。水里依然充满了水藻,依然是向下奔涌的清澈的弧线,——塔楼上像以前一样站着那些熨衣服的女人,露出手臂站在白色的衣服前面,烙铁的热气从敞开的窗口涌出。几只狗小跑着穿过小巷，房门口站着许多人，看着我，看着我脏兮兮地背着行军囊路过。

我们在这家甜品店吃过冰激凌，在这里学会了抽烟。顺着这条街走下去，我认识每一栋房子，食品杂货铺、药房和面包房。然后我站在那扇把手已经生锈的棕褐色的门前，我的手变得沉重。我打开了门，一股诡异的寒意向我袭来，我的视线变得模糊。

楼梯在我的靴子下面吱嘎作响。上面有一扇门打开了，有人越过栏杆张望着。那是厨房的门，她们正在那里煎土豆饼，整个房屋都香气四溢，今天是星期六，那个向下面张望的人应该是我的姐姐。我突然有些害臊，低下了头，然后我摘下钢盔，抬头看。是的，那是我的长姐。

"保罗！"她喊道，"保罗——！"

我点了点头，我的行军囊撞到了栏杆，我的步枪变得沉重。

她打开一扇门，喊道："妈妈，妈妈，保罗回来了。"

我没有办法继续走过去了。妈妈，妈妈，保罗回来了。

我靠在墙上，抓紧了我的钢盔和步枪。我从来没有这么紧地抓住过它们，但我再也无法迈出一步了，楼梯在我眼前氤氲成一片，我用脚背上的枪托支撑住自己，狠狠地咬紧牙关，但是我没有办法回应我姐姐的呼喊，我没有办法，我痛苦地挣扎，想要笑，想要说话，但是我说不出话来，我就这样站在台阶上，难过而又无助，陷入了可怕的痉挛，不想要哭泣，但泪水还是从脸颊上滚落了下来。

我的姐姐又出来了,问道:"你到底怎么了?"

然后我振作起来,拖着步子上来了。我把步枪放在角落里,把行军囊靠着墙角摆放,把钢盔收了起来。腰带一类的东西也得马上摘下来。然后我激动地说:"你倒是给我一条手帕啊!"

她从橱柜里拿出一条手帕给我,我擦了擦脸。我对面的墙壁上方挂了一个玻璃相框,里面是我以前收集的五色斑斓的蝴蝶。

然后我听到了母亲的声音,从卧室里传来。

"她没有起来吗?"我问姐姐。

"她病了——"她回答道。

我走进卧室,把手伸给母亲,尽量平静地说:"我回来了,妈妈。"

她躺在半明半暗的光线中,然后惊恐地问道:"你受伤了吗?"我能感到她的目光在检验着我。

"没有,轮到我休假了。"

母亲的脸色异常苍白。我不敢开灯。"我现在却躺在这里哭,"她说,"本来应该高高兴兴的。"

"你病了吗,妈妈?"我问道。

"我今天要起来一会儿,"她说,转身对我姐姐说,姐姐不得不时不时跑去厨房看一眼,以免饭菜烧糊,"也可以把那罐之前做的越橘果酱打开——你还爱吃这个吧?"她问我。

"是的,妈妈,我很久没有吃过了。"

"就好像我们预感到了你会回来，"我的姐姐笑着说，"刚好是你最喜欢吃的，土豆饼，甚至还有越橘果酱。"

"今天还是星期六。"我回答说。

"坐到我身边来。"我的母亲说。

她注视着我。她的双手与我的双手相比，显得苍白、虚弱又瘦削。我们只聊了几句，我很感谢她没有问太多问题。否则我也只能回答说：所有可能发生的事情都正在发生。我平安地回到了家里，坐在她的身边。我的姐姐正在厨房里，唱着歌做晚餐。

"我亲爱的孩子。"我的母亲轻声地说。

我们从来就不是一个充满柔情的家庭，这在穷人家里是很常见的事情，必须要做许多工作，操许多心。他们感情不外露，他们不会这样行事，不会把反正已经知道的事说出来。如果我的母亲对我说"亲爱的孩子"，那么这就比那些体面人家说的时候意味着更多的东西。我很确定，那瓶越橘果酱是几个月以来她仅有的一罐，还有她现在拿给我的吃起来已经有放久了的味道的饼干。她肯定是趁着有机会一点一点攒起来，然后留给我的。

我坐在她的床上，对面酒馆的栗树透过窗户闪烁着棕褐色与金黄色。我缓慢地呼吸着，对自己说："你在家里，你在家里。"但那种拘束感依然挥之不去，我没有办法适应这一切。这是我的母亲，这是我的姐姐，那里是我的蝴蝶收藏，那里是一台桃花心木的钢琴——但我并不置身其中。我与这一切还隔着一道纱幕，还差最后一步。

我走出去,把我的行军囊拿到床边,将我带的东西取出来:一整块红波奶酪,这是卡钦给我弄来的,两条黑麦面包,四分之三磅黄油,两罐猪肝肠,一磅猪油和一小袋米。

"你们肯定需要这些——"

她点点头。"这里是不是情况也不好?"我问道。

"是,东西不多。你们在外面吃的东西够吗?"

我露出了微笑,指着带回来的东西。"肯定没有现在这么多,但还是可以的。"

艾尔娜①把食物收起来。母亲突然紧紧握住我的手,哽咽着问道:"外面的日子是不是很糟糕啊,保罗?"

母亲啊,我该怎么回答你呢!你不会明白,也永远不会理解。你也永远不必理解。你问我是不是很糟糕。——你,母亲。——我摇摇头说:"不,妈妈,没有很糟糕。我们一直都是很多人在一起,所以没有那么糟糕。"

"是的,但是不久之前海因里希·布雷德迈尔回来了,他说现在那边很可怕,到处都是毒气之类的东西。"

说这句话的是我的母亲。她说:到处都是毒气之类的东西。她不知道她谈论的是什么,她只是为我担心。我难道要告诉她,有一次我们发现了三条敌军的战壕,他们僵硬的姿势就像中了风一样?在胸墙上,在掩蔽壕里,无论在哪里,他们就站在那里,

---

① 保罗长姐的名字。

或者是躺了下来，脸色发蓝，死掉了。

"唉，妈妈，是有人这么说，"我回答道，"那个布雷德迈尔只会说这一类的事情。你也看到了，我现在完好无损——"

母亲颤抖的忧心使我找回了平静。现在已经能走来走去，谈论各种事情了，不用害怕突然之间我不得不倚靠在墙壁上，因为世界变得像橡皮一样柔软，血管像雷管一样易燃。

母亲想要站起来，我走到厨房去找我的姐姐。"她得了什么病？"我问道。

她耸耸肩。"她已经卧床不起好几个月了，但是我们没法写信告诉你。我们请了几个医生。有一个说，可能是癌症。"

*

我去地区司令部报到。我慢慢地在街上闲逛，时不时有人和我说话。我没有停留很久，因为不想说太多的话。

当我从兵营回家的时候，有一个响亮的声音叫住了我。我完全沉浸在思索里，转过身，一位少校从我对面走过来。他斥责我："你不会敬礼吗？"

"对不起，少校先生，"我迷茫地说，"我没有看见您。"

他的声音更大了："你不会好好说话吗？"

我想给他的脸上来一拳，但我克制住了自己，因为这关系到我的假期。我立正道："我没有看见少校先生。"

"那么把你的眼睛睁大一点!"他叫嚷着,"你叫什么名字?"

我向他报告。

他红红的胖脸依然怒气冲冲。"部队番号?"

我按照规定汇报。他还觉得不够。"驻扎在哪里?"

但我现在受够了,于是说:"朗厄马克和比克斯硕特之间。"①

"怎么回事?"他问的时候有点吃惊。

我向他解释,我是来休假的,刚回来一个小时,心里想着他现在该走开了。但我错了。他甚至更过分了:"你想要把前线的习气带到这里,是吗?这行不通!感谢上帝,这里还有纪律!"

他命令道:"向后二十步,齐步走,齐步走!"

我心里满溢着压抑的怒气。但我没有办法抵抗他,只要他愿意,他可以立刻拘捕我,于是我立刻跑回去,走过来,在距离他还有六步的时候向他敬了一个非常到位的军礼,甚至在超过他六步以后才放下手。

他又把我叫过去,这次用平易近人的口吻说,他愿意开恩放过我。我立正表示感谢。"解散!"他命令道。我迅速转身离开。

我整个傍晚的兴致都因此而败坏了,回家以后就把军装扔到角落里,反正我之前也不打算穿它。然后我从衣柜里拿出我的便服,穿在身上。

我非常不习惯。这身西装变得又短又紧,我在军队里长高了

---

① 英国部队与德国部队曾于 1914 年 11 月 10 日在此地交战,大约一万两千名德军在这一天之内死亡。

一些。衣领和领带都让我觉得非常难搞。最终,我姐姐帮我打了领结。西装真是轻盈,有一种只穿着内裤和衬衣的感觉。

我在镜子里端详着自己。看起来真是奇怪。一个被太阳晒黑的、长大了的、到了接受坚信礼①年纪的青年震惊地看着我。

我母亲很高兴我换上了便装,这样的我在她眼里变得更熟悉了。但是我的父亲更愿意我穿军装,还想带我去见他的熟人。

但我拒绝了。

*

能够安静地坐在某个地方,是一件美好的事情,比如坐在对面酒馆的栗树下面,坐在保龄球道旁边。树叶落在桌上和地上,只是几片最初的落叶。我面前放着一杯啤酒,我在军队里学会了喝酒。酒杯已经喝空了一半,也就是说,我还可以喝上好几口醋爽冰凉的啤酒,如果我愿意,还可以点第二杯和第三杯。没有集合,也没有炮火,孩子们在酒馆里玩保龄球,一只狗把头放到我的膝盖上。天空碧蓝,在栗树的叶片之间,玛格丽特教堂的铜绿色塔楼高高耸起。

这样很好,我也喜欢这样。但我没有办法和别人打交道。只有我母亲什么都不问。父亲就是另一回事了。他希望我讲讲外面

---

① 天主教和东正教会的仪式,象征人与上帝之间的关系得到巩固,在"一战"时期,德国青年接受坚信礼的年龄一般是 21 岁。

的事情，我觉得他的愿望既动人又愚蠢，我和他的关系已经变得不真实了。只要这么听着，往往比什么事都更叫他喜爱。我明白，他其实不知道，那些事情没有办法讲述，我也希望让他满意。但这对我来说就太危险了，如果我描述这些事情，我害怕把它们说得过于宏大，没有办法掌控它们。如果我们所有人都弄清楚了外面正在发生什么，那么我们还不知道会变成什么样呢。

因此我仅限于给他讲述一些趣事，他却问我是否参与过近身相搏的白刃战。我说没有，然后站起来走出去。

但是情况并没有好转。之后，我有一次在街上受到了惊吓，因为有轨电车的吱呀声音听起来就像呼啸飞来的榴弹，这时有人拍了拍我的肩头。那是我的德语老师，向我提了那些常见的问题。"好吧，外面是什么情况。很可怕，很可怕，不是吗？是啊，很可怕，但我们必须坚持下去。不管怎么样，我听说你们至少伙食不错，你看起来不错，保罗，很强壮。这里当然要差很多，这也是自然而然的，最好的东西永远要留给我们的士兵！"

他拉着我参加聚餐。我受到了热烈的欢迎，一位校长和我握手，说道："所以，您从前线过来？那边的士气怎么样？很高涨，很高涨，不是吗？"

我解释说，人人都想回家。

他发出雷鸣般的大笑："这我相信！但是诸位得先把法国人打趴下！您抽烟吗？给，给您一支。服务员，给我们年轻的战士加一杯啤酒。"

遗憾的是，我已经收下了那根雪茄，因此我不得不留下来。所有人都以好意相待，但没有什么用。尽管如此，我依然愤怒，于是尽快地抽着烟。为了还能有点事做，我一口气干了那杯啤酒。他们很快就给我点了第二杯，这些人知道他们亏欠士兵。他们争论着我们应该吞并哪里。戴着铁链怀表的校长想要的最多：整个比利时、法国的煤矿区和俄国的一大片土地。他给出了我们这么做的详细理由，而且不肯屈服，最后其他人只好让步。然后他开始解释，法国的突破口应该设在哪里，这时候又转向了我："现在只需要采取诸位永久的阵地战术，再往前推进一点。把那些混蛋赶出去，然后和平就到来了。"

我回答说，我们觉得不可能取得突破，对方的后备军非常充足，此外，战争和人们想象的不一样。

他拒绝对我的回答进行考虑，而是向我证明，是我没有理解他的话。"当然，这是个例，"他说，"但是还要考虑整体。您不能这么判断整体。您只能看到您的那一小片阵地，因此看不到全局。您尽了您的义务，您冒着生命的危险，这值得最高的荣誉——诸位都应该获得铁十字勋章——但首先必须在佛兰德斯突破敌人的阵线，然后从北部猛攻。"

他喘着气，捋着胡须。"必须全面猛攻，从北往南。然后进攻巴黎。"

我很想知道他到底是怎么想的，于是把第三杯啤酒灌进了嘴里。他立刻又叫了一杯。

但是我要走了。他又给我往口袋里塞了几根雪茄,友好地拍了拍我。"一切顺利!我们希望很快就能听到诸位的好消息!"

*

我设想的休假不是这样。一年前的休假也的确不是这样。这中间发生改变的也许是我本人。在今天与那时之间隔着一道鸿沟。那时候我还不了解战争,我们驻扎在和平的地段。今天我注意到,我已经不知不觉地崩溃了。我没有办法再舒舒服服地待在这里,这里是一个陌生的世界。有人提问,有人不问,可以看出来,那些不问的人为此感到骄傲。他们甚至经常带着一副无所不知的神情说话,觉得那不值得谈论。他们真是狂妄。

我最喜欢独自待着,这样就没有人来打扰我。因为所有人都来去匆匆,说着事情有多糟,事情有多好,有人觉得如此,有人觉得是另一回事,——他们总是把话题立刻带回他们生活中的那些事物。我之前肯定也过着这样的生活,但现在我没有办法找到这种生活的接口了。

他们对我说了太多的话。他们有着忧虑、目标和愿望,我无法像他们一样理解这些东西。有时候我和其中一个人坐在小酒馆里,试图让他弄明白,这实际上就是一切了:静静地坐着。他们当然能够理解这一点,表示赞同,说他们也这样认为,但这只不过是说说而已,只不过是说说,就是这样——他们在感受,但永远只能感受到一半,他们的另一半本质集中于其他的事物,他们的精力如此分散,没有人能够用全身心来感受。我自己也无法准确地说出我的感受。

当我看到他们在自己的房间里、自己的办公室里和自己的岗位上,我就不可抗拒地受到了吸引,我也想置身其中,忘记战争,但我立刻又开始反感这一切,它是那么狭隘,怎么能够填满人的一生,应该把它打得粉碎。这里怎么可能是这样,就在外面弹片呼啸飞过弹坑的时候,就在照明弹高高升空,伤员被放在帆布上抬过来,战友们躲在战壕里的时候!——这里是一些不一样的人,我没法完全理解他们,我嫉妒却又蔑视他们。我情不自禁地想到了卡钦、阿尔伯特、穆勒和恰登,他们在做什么?也许他们正坐在食堂里,或者在游泳——他们很快又不得不上前线了。

*

在我的房间里,桌子后面有一张棕褐色的皮沙发。我坐了上去。

墙壁上用图钉钉着许多照片,是以前我从杂志上剪下来的。里面也有我喜欢的明信片和素描画。角落里有一个小铁炉。对面墙边的书架上放着我的书。

我参军以前就生活在这个房间里。书是我用打零工的钱一本一本地买下来的。许多都是旧书,例如全部的古典学书籍,一卷一马克二十芬尼,是精装的蓝色亚麻布封面。我把这个系列全部买了下来,因为我很讲究,不相信编定选集的编者选了最好的作品。所以我买了"全集"。我怀着诚挚的热情读了这些书,但大部分都不是特别喜欢。我更喜欢一些新时期的作品,当然,这些书更贵。有几本书并不是我老老实实地买的,而是借来没有还,因为我不想和它们分开。

书架的一层放的是我的教科书。它们没有得到很好的保护,已经残破不堪,因为某种原因,有几页被撕掉了。下面是本子、纸张和打包的信件,还有素描和一些设计图样。

我想要沉浸在往日的时光里。我立刻就感觉到,那段时光还在这个房间里,这些墙壁将它保存了下来。我的双手放到沙发扶手上,现在我舒服地跷着腿,开心地坐在角落里,坐在沙发中间。小窗户开着,街道与街道尽头高耸的教堂塔楼这幅熟悉的图景呈现在眼前。桌子上放着几朵花。钢笔、铅笔、一片用来做镇纸的贝壳,还有墨水瓶——这里没有任何改变。

所以,如果我幸运的话,如果战争结束,我还会永远地回到这里。我会坐在这里看着我的房间,等待着。

我有些激动,但是我不想这样,因为这样并不好。我想要再次感受安静的沉醉,感受这种强烈的、难以言喻的冲动,就像以前我走向书柜的时候一样。五颜六色的书脊上升起的愿景之风将再一次攫住我,它将溶蚀我内心那块沉重的、死寂的铅块,再次唤醒我对未来的迫不及待,还有我思想世界里展翅高飞的欢愉,——它将把我青年时期失落的愿景交还给我。

我坐着等待。

我突然想起,我得去看望一下克梅里希的母亲,——我也可以去拜访一下米特尔施塔特,他肯定在营房那边。我望向窗外:在阳光洒落的街景后面,一道山岭朦胧而轻柔地浮现出来,然后天气又变成了一个晴朗的秋日,我正和卡钦、阿尔伯特坐在火边,一边剥皮一边吃着烤土豆。

但我不愿意回想这些东西,我立刻把它们抹去了。这个房间将会开口,它将会抓紧我,揪住我,我想要感受到我属于它,我想要倾听它,这样我再上前线的时候就会清楚:战争会过去,会结束,等到回家的浪潮到来的时候,战争就会过去,它不会吞没我们,它对我们只有外在的强权!

书脊紧挨着彼此排列。我还认得出它们,也记得我是怎么排列它们的。我用双眼恳求着它们:和我说说话吧,——接纳我吧——接纳我吧,往日的生活,——无忧无虑的、美好的生活——再次接纳我吧——

我等待着,我等待着。

许多景象从眼前飞掠而过,站不稳脚跟,只是一些阴影与回忆。

什么都没有——什么都没有。

我越发不安。

某种陌生的恐怖感觉突然涌上我的心头。我没有办法回去了，我已经被排除在外。即便我如此祈求，如此努力，也没有什么改变，我隔绝又悲伤地坐着，像一个被判刑的犯人，过往回绝了我。与此同时，我感到了恐惧，千真万确的恐惧，因为我不知道如果是这样，一切又会怎样。我现在是一名士兵，我必须记住这一点。

我疲惫地站起身，望向窗外。然后我拿起一本书翻了翻，想要阅读。但我很快就把它抛开了，拿起了另外一本书。有些段落被我用下划线做了标记。我找寻着，翻着页，又拿了一本书。我旁边已经堆起了一摞书。我又匆匆拿起别的东西——书页、本子、信件。

我默默地站在它们前面。就像等待审判一样。勇气尽失。

话语，话语，话语——它们无法企及我。

我慢慢地把书放回去。

一切都过去了。

我静静地走出了房间。

*

我还没有放弃。尽管我没有再次踏入我的房间，但是我安慰自己，这几天并不意味着最终结果。在之后——更远以后——我还有好几年的时间。我先去营房找米特尔施塔特，我们坐在他的房间里，里面的空气我不太喜欢，但是我已经习惯了。

米特尔施塔特一看见我，就给我讲了一个新消息。他告诉我，康托雷克已经应征加入了国民军①。"你想象一下，"他说，拿出几根上好的雪茄，"我从战地医院来到这里，立刻就遇见了他。他向我伸出爪子，叽叽喳喳地说：'看啊，这不是米特尔施塔特吗，你还好吗？'——我瞪着他回答道：'国民军康托雷克，公是公，私是私，您最好清楚这一点。和上级讲话的时候，您注意态度。'——你真该看看他那张脸！介于酸黄瓜与没炸开的炸弹之间。他犹豫着，又试图巴结我。然后我喊得更严厉了。他还想使出撒手锏，亲密地问我：'难道您的毕业考试不需要我帮忙？'他还想提醒我这件事，你明白。于是我发火了，我也要提醒他。'国民军康托雷克，两年前在您的传教之下，我们去了地区司令部，其中也包括约瑟夫·贝姆，他其实不想来。他在正常被征入伍之前三个月就阵亡了。如果没有您，他还能多活一段时间。现在：解散。我们以后再聊。'——要让他的连队归我管很容易。我第一天就把他带到了军需库，给他弄了一身漂亮的装备。你很快就会见到他的。"

我们走到练兵场上。连队已经列好了队。米特尔施塔特让大家稍息，开始检查。

这时我看见了康托雷克，忍不住笑了。他穿着一件裙子一样

---

① 德国的一种传统民兵，从15世纪开始，国民军成了战时的第一后备军。

的褪色的蓝制服。背部和袖口打着大块的深色补丁。这件衣服的前主人肯定是个巨人。但是他黑色的破旧裤子又很短，只到小腿肚。因此那双鞋也显得巨大、破旧、坚硬如铁，鞋尖高高翘起，鞋带还是系在两侧的。好像是为了平衡，帽子又太小了，那是一顶脏得可怕的悲惨的小帽子。整体印象非常值得同情。

米特尔施塔特站在他面前："国民军康托雷克，纽扣擦过了吗？您似乎还是没有学会怎么做。不合格，康托雷克，不合格——"

我在心里爆发出一阵满足。康托雷克在学校里就是用这种语气训斥米特尔施塔特的："不合格，米特尔施塔特，不合格。"

米特尔施塔特继续贬低他："您看看博伊特谢尔，他简直就是榜样，您可以学学他。"

我几乎不敢相信我的眼睛。博伊特谢尔也在那里，他是我们学校的门房，他成了榜样！康托雷克瞪着我，好像想要把我吃掉。但我只是一脸无害地冲着他微笑，好像我根本就没有认出他一样。

他带着这顶小帽子，穿着这身制服，看起来真是愚蠢！以前我们有多么害怕他，他高居讲台之上，在练习法语不规则动词变位的时候用铅笔戳我们，那些词在法国却派不上任何用场。还不到两年，——现在站在这里的就是国民军康托雷克，已经祛了魅，膝盖弯曲，手臂像锅柄，不会擦扣子，姿态也显得可笑，士兵不可能是这副样子。我没有办法将他与讲台上那个咄咄逼人的形象联系起来，我真想知道，如果这个可怜的家伙还敢问我这个老兵："博伊默尔，您当着大家说一下过去未完成时①——"那么我会怎么做。

米特尔施塔特首先进行集体操练。康托雷克被他指定为组长。

这里有个特殊的意义。在集体操练的时候，组长必须始终站在全组二十步以前的位置，一旦下令：向后转——齐步走！集体队列一转身，组长就突然落后了整个小组二十步，他必须小跑着跟上，然后再走到小组前面二十步的位置。加起来就是四十步：齐步走，齐步走。但他几乎刚刚赶到，又是"向后转——齐步走！"，他不得不再赶上四十步，跑到另一侧。以这种方式训练，整个小组只需要舒舒服服地转个身，走几步路，但组长必须像在窗帘杆上放的一个屁一样来回穿梭。这一切都是米特尔施塔特饱经检验的良方之一。

康托雷克对米特尔施塔特已没什么指望，因为有一次是他影响了米特尔施塔特的升迁，如果米特尔施塔特不在上战场之前好好利用这个机会，那他也太蠢了。当军队给别人提供了这种机会，你最好还是希望你已经死了。此刻的康托雷克跑来跑去，像一头受惊的野猪。过了一会儿，米特尔施塔特宣布停止，开始重要的爬行操练。膝肘着地，按照规定，要抓紧枪，康托雷克肥胖的身躯在沙地上挪动着，从我们身边经过。他大喘着气，声音十

---

① 法语的一种语法现象，应用范围是发生在过去、持续了一段时间并不强调已经完成的行为。

分悦耳。

米特尔施塔特引用高级教师康托雷克的话来激励国民军康托雷克:"国民军康托雷克,我们很幸运,生活在这样一个伟大的时代,我们必须团结一致,克服困难。"

康托雷克吐出一块跑进牙缝里的脏木条,他大汗淋漓。

米特尔施塔特俯下身,诚恳地宣告:"不要因为小困难而遗忘伟大的事业,国民军康托雷克!"

我很震惊,康托雷克一次也没有发怒,尤其是在接下来的体操课上,米特尔施塔特对他进行了惟妙惟肖的模仿,在做引体向上的时候拽着他的裤裆,让他只能努力把下巴伸过单杠,接着又给了他一顿明智的劝诫。就像之前康托雷克所做的那样。

然后是分配勤务。"康托雷克和博伊特谢尔去领军粮!带上手推车。"

几分钟以后,两人推着手推车走了。康托雷克气愤地垂着头。门房却很得意,因为他的活是最轻松的。

面包厂在城市的另一端。也就是说,这两个人得穿过整个城市打个来回。

"他们已经干了好几天了,"米特尔施塔特咧开嘴笑道,"已经有些人在等着看好戏了。"

"真棒,"我说,"但是他没有告发过你吗?"

"他试过!我们的指挥官听他讲这段故事的时候笑得停不下来。他受不了学校老师。此外,我正在追他的女儿。"

"他会让你考试挂科。"

"我才不在乎,"米特尔施塔特冷漠地说,"他的抱怨没有用,因为我可以证明,他大部分时间干的都是轻松的活。"

"你不能严格地管教管教他吗?"我问。

"我觉得他太蠢了。"米特尔施塔特严肃又高傲地说道。

*

休假是什么?是一阵晃神,使之后的一切都变得更艰难。离别的情绪已经掺杂了进来。我的母亲沉默地看着我,——她在点数日期,我知道,——每天早晨她都很忧伤。又少了一天。她把我的行军囊收了起来,不想触景生情。

苦思冥想的时候,时光就开始飞逝。我振作起来,陪着姐姐出门。她要去肉铺买几磅大骨头。买到大骨头很不容易,人们从早晨就开始排长队。有些人甚至等得晕了过去。

我们不太走运。我们轮流排了三个小时以后,队伍解散了。大骨头卖完了。

幸好,我领到了一份军粮。我把这些东西带给母亲,我们所有人都吃到了一点真正的东西。

日子越来越艰难,我母亲的眼睛越来越忧愁。还有四天。我不得不去看望克梅里希的母亲。

*

我很难把这件事情写下来。这个颤抖的、抽泣的女人摇晃着我，对我喊道："他死了，你为什么还能活着！"她的泪水淹没了我，她喊道："你们到底为什么都还活着，孩子们，你们为什么——"然后她跌到一把椅子上，哭泣着："你看见他了吗？你那时候还见得到他吗？他是怎么死的？"

我告诉她，他心脏中了一弹，立刻就死了。她注视着我，表示怀疑："你说谎。我更清楚。我感觉到了他死得很痛苦。我听到了他的声音，我在夜晚感受到了他的恐惧，——说实话，我想知道，我必须知道。"

"没有，"我说，"我就在他旁边。他立刻就死了。"

她轻声恳求："告诉我吧。你必须告诉我。我知道你想要安慰我，但是你看不出来，比起说实话，这样对我来说更折磨吗？我没有办法忍受一无所知，告诉我是怎么回事，就算很可怕，总比让我一直在心里想要好。"

我永远也不会说，即便她把我剁成肉泥。我同情她，但她在我看来有点愚蠢。她应该感到知足，无论她知不知道，克梅里希都已经死了。如果你见证了这么多的死亡，你就不再能真正理解个体死亡的痛苦了。于是我不耐烦地说道："他很快就死了。他根本没有感觉。他的脸很平静。"

她沉默了。然后她缓慢地问道："你能发誓吗？"

"能。"

"向所有你认为神圣的事物?"

天哪,还有什么对我来说是神圣的?——我们的情况变化太快了。

"是的,他立刻就死了。"

"如果这不是真的,你自己愿意再也回不来了?"

"如果他不是立刻死的,我愿意再也回不来。"

我还可以发更多的誓。但她似乎相信了我。她又呻吟和哭泣了很久,要我告诉她到底是怎么回事,所以我编了一个故事,我自己差点都相信了。

我走的时候,她亲了亲我,给了我一张他的照片。他穿着新兵的制服倚靠在一张圆桌上,桌脚是没有去皮的桦树枝,后面的布景画了一片森林。桌上有一个啤酒杯。

*

这是在家的最后一个傍晚。大家都沉默着。我很早就上了床,抓住枕头,把头埋进去。天知道我还能不能再次躺在有鸭绒被的床上!

深夜,母亲又来到我的房间。她觉得我睡着了,我也装作如此。清醒地交谈太艰难了。

她几乎一直坐到了清晨,尽管她身体疼痛,有时候还蜷缩起来。最终我坚持不住了,我假装醒了过来。

"去睡吧,妈妈,你在这里会感冒的。"

她说:"我以后可以睡个饱。"

我起身:"我不是立刻上战场,妈妈。我还要在训练营里待上一个月。也许我星期天可以从那里过来。"

她沉默着。然后她轻声问:"你很怕吗?"

"不,妈妈。"

"我还想告诉你:小心法国女人。她们很坏。"

母亲啊,母亲!在你眼里,我还是个孩子——为什么我不能把头埋在你的怀里哭泣?为什么我不得不一直表现得更强大、更镇静,我也想哭泣,想得到安慰,实际上,我比一个孩子也大不了多少,衣柜里还挂着我少年时穿的短裤①,——那还是不久以前的事,为什么这一切都成了过去?

我尽量平静地说:"我们驻扎的地方没有女人,母亲。"

"在战场上也要小心,保罗。"

母亲啊,母亲!为什么我不能拥你入怀,与你一起死去。我们简直就可怜得猪狗不如!

"好的,妈妈,我会注意的。"

"我会每天为你祈祷的,保罗。"

母亲啊,母亲!我们站起来,走出去吧,回到没有苦痛的年

---

① "一战"前,德国只有相当于初中生年龄的男孩才经常穿短裤。

月,回到只有你和我的日子,母亲!

"也许你可以得到一个不那么危险的职位。"

"是的,妈妈,也许我可以进炊事班,那里很不错。"

"那你就去,就算其他人议论你——"

"我不担心这个,妈妈——"

她叹了一口气。面孔在黑夜里闪着白光。

"现在你得去睡觉了,妈妈。"

她没有回答我。我站起身,把我的被子裹在她的肩上。她靠着我的手臂,她的身体在作痛。于是我把她扶了回去。我又陪她待了一会儿。"妈妈,我回来的时候你得好起来。"

"好,好,我的孩子。"

"你们不需要给我寄东西,妈妈。我们在外面有足够的食物。你们在这里更需要这些东西。"

她躺在床上的样子非常可怜,她爱我胜过一切。当我要离开的时候,她又匆匆说:"我给你搞到了两条衬裤,是用上好的羊毛做的,穿着很暖和。你别忘了带上。"

母亲啊,我知道,你为了这两条衬裤花了多少时间到处奔忙和乞求!母亲啊,母亲。我必须离开,这里多么不可理解啊,除了你,还有谁能有对我提出要求的权利。我坐在这里,你躺在那里,我们想要对彼此说那么多的话,却永远也说不出口。

"晚安,妈妈。"

"晚安,我的孩子。"

房间里一片漆黑。我母亲的呼吸起起伏伏。可以听见钟表的滴答声。外面的风吹着窗户。栗树窸窣作响。

我在门前绊倒在我的行军囊上，东西已经收拾好了，因为明天一早我就必须出发了。

我咬紧我的枕头，紧抓住床的铁框。我根本不该回到这里。我在外面那么冷漠，时常毫无希冀，——现在却做不到了。我曾经是一个士兵，现在我什么都不是，仅仅是为我自己、为我母亲、为毫无希望又无休无止的一切感到的痛苦。

我根本不该踏上休假的道路。

8

我依然记得海德拉戈尔的营地。西莫尔斯托斯就是在这里教育恰登的。但这里的人我几乎都不认识了,一切都变了,始终都是这样。只有少数几个人,我过去还见过几面。

我机械地执行着日常勤务,晚上几乎一直待在军人之家,那里有杂志,但我不去读,我很愿意去那里弹钢琴。那里有两个负责招待的姑娘,有一个很年轻。

营地用高高的铁丝网包围起来。晚上我们从军人之家回来的时候必须有通行证。如果和哨兵很熟,当然也能溜进去。

我们每天在荒原上的刺柏灌木和白桦树林之间进行连队操练。如果不抱太高期望,就还可以忍受。我们跑步前进,卧倒,呼吸吹动着荒原上的草茎和花朵。我们紧贴着地面,看到干净的沙子由许多细小的砾石组成,纯净得就像实验室的产物。有一种奇特的诱惑,让人想要把双手埋进去。

但是,最美的还是白桦树林。它们的色彩瞬息万变。这一刻树干还发着白亮的光芒,丝绸一般轻盈的淡绿色叶片在树间摇曳,——下一刻,一切就都变成了蛋白石的蓝色,边缘的银光掠过青绿的树林,——但当云朵拂过太阳的时候,某个地方立刻又变成了几乎是漆黑的颜色。阴影像鬼魂一样穿行在苍白的树干间，穿过荒原直通地平线，而白桦树像节日的旗帜，白色的旗杆举着染成金红色的叶片之旗。

我时常迷失在这温柔无比、清晰透明的光影游戏之中，差一点就漏听了口令，——如果你很孤独，你就会开始观察自然，并热爱自然。我在这里和别人没什么来往，也不想结下太深的关系。我和他们实在不熟，只不过是闲扯几句，晚上玩玩纸牌或者扔扔骰子。

在我们的营地旁边有一个巨大的俄国战俘营。那里和我们用铁丝网隔开了，但战俘还是可以跑到我们这边来。他们看起来非常胆怯，大多数都蓄着山羊胡，身材高大，这让他们看起来像被打怕了的圣伯纳犬。

他们溜到我们的营地来翻垃圾桶。你也能想象到他们能翻到什么。我们这边的伙食已经很紧张了，主要还很差，甜菜切成六份用清水煮，胡萝卜上还有泥土，发霉的土豆已经算是美味佳肴了，上佳的饮食就是稀米汤，里面漂着切成小块的牛肉碎。但牛肉实在是切得太小了，根本就找不到。

尽管如此，所有东西还是会被吃掉。如果有一个人不需要填饱肚子，那么就有十个人愿意接手他的那一份。只有勺子都捞不起来的残渣才会被倒掉。有时候还混合着甜菜皮、发霉的面包皮和诸如此类的脏东西。

这种浑浊、肮脏的清汤寡水就是这些战俘的目标。他们贪婪

地从散发着臭气的桶里盛东西，塞到衬衣下面带走。

近距离观察，我们的敌人真是奇怪。他们有着充满沉思的面孔、善良农民的脸、宽阔的额头、宽大的鼻子、宽厚的嘴唇、大大的手掌和卷曲的头发。他们应该去种地、割草、摘苹果。他们比我们弗里西亚的农民看起来还要善良。

看着他们走来走去、乞讨食物是一件令人悲伤的事情。他们都相当虚弱，因为他们的食物只能保证他们不被饿死。我们自己也早就没有吃过饱饭了。他们得了痢疾，恐惧地把带血的衬衣一角悄悄地拽出来给我们看。他们弓着腰，弯着脖子，屈着膝盖，当他们伸出手，说着他们所知道的那几个词，进行乞讨的时候，就歪起头仰视我们，——用柔软、轻悄的低沉声音乞讨着，那声音就像温暖的火炉和家乡的小屋。

有些人踢上他们一脚，他们就跌倒了，——但这种人很少。大部分人不去干扰他们，只是从他身边经过。但有时候，他们实在是表现得太可怜了，也能激起人的怒火，让人给他们一脚。真希望他们不要那么看别人，在那两个用大拇指就可以遮住的小小的空间里，在他们的眼睛里，究竟有着什么样的哀叹。

傍晚，他们来营地做生意。他们拿自己拥有的所有东西换面包吃。有时候可以成交，因为他们有很不错的靴子，但我们的靴子很差。他们的高筒羊皮靴非常柔软，像是用羊羔皮做的。我们中间有些农民的孩子会收到家里寄到的食物，他们就可以换这种靴子。一双靴子的价格大约是两到三条黑麦面包，或者是一条黑麦面包加一小根实实在在的瘦肉香肠。

但几乎所有俄国人都早就把自己拥有的东西换完了。他们身上穿的衣服令人怜悯。他们试图用小木雕和用榴弹片、铜导环做成的东西交换。当然，这些东西换不来很多的食物，尽管它们也是辛辛苦苦地做出来的——它们只值几片面包。我们中间的农民做生意的时候奸诈又狡猾。他们把一块面包或者是香肠凑近放到俄国人的鼻子下面，一直饿到他脸色苍白、眼神迷离，然后价格就好说了。但他们还要把自己的诱饵包好，拿出长长的折叠刀，慢慢地、小心翼翼地从自己的存货上面切下一大块面包，每吃一口都要配一口紧实的上好香肠来犒劳自己。看着他们这么吃下午茶，很是令人生气，让人想敲敲他们的胖脑袋。他们很少给别人东西。我们之间也实在不熟。

*

我经常被派去看守俄国人。在昏暗中可以看到他们移动的身影，就像生病的鹤，像巨大的鸟。他们紧紧靠着铁格栅，脸贴在上面，手指抓紧网眼。他们经常这样并肩站着，呼吸着从荒原和森林吹过来的风。

他们很少说话，说也只说几个词。他们更具有人性，我几乎觉得，他们比我们更具有兄弟情义。但可能这只是因为他们觉得自己比我们更不幸。对他们来说，战争已经结束了。但干等着得痢疾也称不上什么生活。

看守他们的国民军说，他们一开始更活跃，像以前那样，有着内部的关系网，经常需要动拳头动刀子。现在他们已经彻底麻木和冷漠了，大多数人甚至也不会再自慰了，他们太虚弱了，之前他们甚至整个营房的人都在集体自慰。

他们站在铁丝格栅前面。有时候有一个人摇晃着走开，然后很快就有另一个人填补了他的位置。大部分人站着不动，只有几个人为了过过嘴瘾而乞讨着一个烟头。

我看着他们晦暗的身影。他们的山羊胡在风中飘动。我对他们一无所知，只知道他们是囚犯，但正因为此，这一幕震撼了我。他们的生命是无名的，也是无罪的，——如果我对他们了解得更多，知道他们叫什么，过着什么样的生活，在期待什么、担忧什么，也许我的震撼会有一个目标，会演变成同情。但此刻我只感受到他们背后众生的痛苦、生命中可怕的忧郁与人类的残酷。

一道命令让这些沉默的身影变成了我们的敌人，也可以让他们变成我们的朋友。某张桌子上有一张某人签署的文件，我们谁都不认识他，但这种应该受到全世界蔑视、遭受最严厉惩罚的东西就成了我们这么多年以来的至上目标。谁还能够区分出敌友，如果他在这里看到了这些有着童真面孔、留着使徒的山羊胡的人！每位新兵眼里的下士，每个学生眼里的高级教师看起来都比他们更像我们的劲敌。但是如果他们恢复了自由，我们就又会朝着彼此开枪。

我感到惊恐，我没有办法继续思考下去了。这条路通往深渊。还不是去想这些事情的时候，但我不会放弃这个念头，我会将它保存，将它封印，直到战争结束。我的心怦怦跳着：这就是我在战壕里所设想的目标，就是伟大的事业，就是全人类在灾难之后唯一生存下来的可能性吗？在之后的生活里，还会有这一类使命吗，这些恐怖的年月有价值吗？

我拿出香烟，把每支分成两半，分发给那些俄国人。他们鞠着躬点烟。有几张面孔上闪烁着小红点。它们安慰着我，好像漆黑的乡村小屋中间的一扇扇小窗户，泄露出房间里面的所有庇护。

*

时光一点点流逝。在一个浓雾的早晨，又有一个俄国人下葬了，现在几乎每天都会死几个人。他下葬的时候，我刚好在看守岗上。战俘们唱起一首圣歌，分了几个声部，听起来几乎不再是人类的声音，而是来自遥远荒原的管风琴声。

葬礼很快就结束了。

傍晚他们又站在铁格栅前面，风从白桦树林吹向他们。天上满是寒星。

我现在认识了他们中间几个德语讲得相当好的人。其中有一位音乐家，他说自己在柏林做过小提琴手。当他听说我会弹一点钢琴的时候，就拿出小提琴开始演奏。其他人把背靠在铁丝格栅上。他站起来演奏，经常流露出属于小提琴手那种闭上眼睛以后的沉浸表情，然后他又和着节奏摆动他的小提琴，对着我微笑。

他演奏的应该是民歌，因为其他人都在跟着哼唱。他们仿佛是一座昏黑的山丘，从地下深处发出哼唱。小提琴的声音如同一个纤细的少女，明亮而孤独地高悬其上。歌声停止后，小提琴继续演奏——声音在夜色里显得单薄，它也觉得寒冷。人们不得不紧紧地挨在一起，如果能在室内就好多了，在外面，独自飘散的声音令人忧伤。

*

我在星期天没有得到休假，因为刚刚休过长假。启程前的最后一个星期天，我父亲和姐姐来探望我。我们整天都坐在军人之家里。还能去哪里呢，我们不愿意去营房。中午，我们去荒原上散步。

时间折磨着我们，我们不知道该谈论些什么，于是谈起了母亲的病情。现在已经确定是癌症，她正在医院里，之后要做手术。医生希望她能恢复健康，但我们从来没听说癌症可以治愈。

"所以她在哪家医院？"我问。

"在路易斯医院。"我父亲说。

"几等病房？"

"三等。我们得等等看手术要花多少钱。她自己想要去三等病房。她说那里有人聊天。也更便宜。"

"但是她要和那么多人躺在一起。希望她晚上能够睡着。"

我的父亲点了点头。他的面容松弛，布满了皱纹。我母亲病得很重，尽管她不得不住院，但这也要花很多钱，我父亲的终生积蓄实际上都要花在这件事上了。

"我真想知道手术到底要多少钱。"他说。

"你们没有问吗？"

"没有直接问，我们没法这么做——如果医生不高兴了，那就不好了，因为他毕竟要给你母亲做手术。"

是啊，我苦涩地想到，我们就是这样，他们就是这样，穷人就是这样。他们不敢问价格，事先就开始担惊受怕。但其他不需要这么做的人会自然而然地确定价格。他们也不会让医生不高兴。

"术后的缝合费也很高昂。"我的父亲说道。

"所以医疗保险不能支付吗？"我问道。

"你母亲病得太久了。"

"那你们还有钱吗？"

他摇了摇头。"没有了。但我现在又可以加班了。"

我知道，他会一直到午夜十二点都站在桌边折叠、粘贴、剪切。晚上八点左右，他会吃些凭票支付的没有营养的食物。然后吃些药粉止住头痛，继续干活。

为了让他的情绪好一点，我给他讲了几件我刚好想起来的事情，士兵的笑话一类的东西，关于欺骗将军和军队长的故事。

　　在这之后，我把他们两个送到火车站。他们给了我一罐果酱和一包母亲给我做的土豆饼。

　　然后他们走了，我也回去了。

　　傍晚，我把果酱涂在土豆饼上吃着。但我不觉得好吃。于是我走出去，想把土豆饼发给俄国人。然后我突然想起来这是我母亲亲自煎的，她站在炽热的炉边的时候也许还忍着疼痛。我把包裹放回我的行军囊，只拿了两块去找俄国人。

9

我们在路上走了几天。第一批飞机在空中出现。我们的车超过了运输车队,那上面都是大炮。然后我们转乘战地火车。我寻找我的团,没有人知道他们驻扎在哪里。我走到哪就在哪过夜,第二天早晨领到了军粮和一些含糊的指令。于是我背着行军囊,拿着步枪又上路了。

我到达的时候,我们的人已经不在那个被炸毁的地方了。我听说我们已经成了流动师,哪里情况最棘手,就被安插在哪里。这让我的情绪变得更糟。他们告诉我,我们经历了很惨重的损失。我问起卡钦和克洛普,没有人认识他们。

我继续寻找,到处乱跑,这真是一种奇特的感觉。我一连两夜露宿,像个印第安人。然后我得到了明确的指令,在下午去文书室报道。

军队长让我留在原处。连队两天以后就会回来,把我再派出去也没有什么意义。"假期过得如何?"他问道,"很不错,是吗?"

"有好有坏吧。"我说道。

"是,是,"他叹了口气,"如果你不用再回来,那就好了。

后半段假期总是因此变得扫兴。"

我在周围闲逛,直到连队在某个早晨撤回来,他们脸色灰暗,身上肮脏,懊恼又忧伤。然后我跳起来,挤到他们中间,我的眼睛搜寻着,恰登在那里,穆勒正在擦鼻涕,卡钦和克洛普也在这边。我们把稻草床垫铺在一起。当我看到他们,我就没来由地觉得有点内疚。睡觉之前,我把土豆饼和果酱拿出来,让他们也吃一点。

最外面的两块土豆饼已经发霉了,但是还可以吃。我自己留下来,把新鲜的分给了卡钦和克洛普。

卡钦大嚼着,问道:"这是你母亲做的吧?"

我点了点头。

"好吃,"他说,"能吃出来是妈妈的手艺。"

我几乎要哭了。我已经不认识我自己了。但在这里,和卡钦、克洛普还有其他人在一起,我很快就会好起来的。我属于这里。

"你真是走运,"入睡的时候,克洛普在我耳畔低语,"听说我们要去俄国。"

去俄国。那里已经没有战争了。①

远处,前线轰响。营房的四壁吱嘎作响。

---

① 此处指俄国因1917年发生革命而提前退出了第一次世界大战。

*

　　我们搞了一场大扫除。一道命令接着一道命令。我们受到各方的检查。破旧的东西都换成了好东西。我得到了一件全新的上衣，卡钦当然得到了全套的制服。谣言四起，说和平将要到来，但另一种可能性更大：我们会去俄国。但是去俄国为什么会需要这么好的东西？最终消息得到了确认：皇帝要来阅兵。因此要做许多检查。

　　八天的工作和操练几乎让人怀疑这是在新兵营里。所有人都既压抑又紧张，因为我们觉得过度清洁没有意义，阅兵更没有意义。正是这些事情，比起进战壕更能激怒一个士兵。

　　最终那一刻到来了。我们站得笔直，皇帝现身了。我们好奇地看着他的样子。他迈着步子沿着队伍走来，实际上我有些失望：从画像上看，我觉得他更高大、更威严，尤其是应该有着雷鸣般的嗓音。

　　他给我们颁发铁十字勋章，和这个说上两句，又和那个说上两句。然后我们列队退了下去。

　　之后我们谈论这件事情。恰登很惊讶："这就是现在的陛下。在他面前，所有人都必须站得笔管条直，还有这种事！"他沉思着说道:"就算是兴登堡①也得站得笔直,是吗?"

"肯定是的。"卡钦确认道。

恰登还没有说完。他思考了一段时间,然后问道:"那一个国王要在一个皇帝面前站得笔直吗?"②

没有人清楚这一点,但我们都觉得不用。两个人都已经很尊贵了,肯定不会真正要求国王站得笔直。

"你现在都在胡说八道什么,"卡钦说,"头等大事是你自己必须站直。"

但恰登简直就是鬼迷心窍。他一向干枯的想象力开始运作了。"你看,"他宣布,"我就是不理解,皇帝和我一样也得上厕所。"

"你尽可以相信。"克洛普大笑。

"疯子都觉得一加一等于三,"卡钦补充,"你脑袋里进了虱子,恰登,现在快去卫生间,把头脑收拾干净,说起话来别像个调皮的孩子。"

恰登消失了。

"但我还想知道一件事,"克洛普说,"如果皇帝说了'不',是不是就没有战争了。"

"我觉得肯定还会开战,"我插话道,"他一开始好像也不想

---

① 保罗·冯·兴登堡(1847—1934),德国陆军元帅、政治家、军事家,魏玛共和国第二任总统。他曾经参加普奥战争、普法战争,"一战"时在东线击败俄国军队后任陆军元帅。曾在1933年任命希特勒为总理。
② 在德国统一之前,德意志民族神圣罗马帝国由许多分散的王国组成,在普鲁士统一德国之后,普鲁士国王成为德意志帝国皇帝。在当时的欧洲,只有德国、奥匈帝国、沙皇俄国拥有帝国的名号,其他君主制国家均为王国。

参战。"

"好吧，如果他一个人反对，那是不行，可能世界上得有二三十个像他那样的人说'不'。"

"可能是这样，"我赞同，"但是他们恰好都想要开战。"

"想想真好笑，"克洛普继续说，"我们的确是在这里保卫我们的祖国。但是法国人也在这里保卫他们的祖国。谁是对的？"

"也许双方都对。"我说道，心里却不相信。

"好吧，现在，"克洛普说，我看着他，他想要把我逼到绝境，"可是我们的教授、牧师和报纸说我们才是对的，我也希望如此，——但法国的教授、牧师和报纸也宣称他们才是对的，这又是怎么回事？"

"我不知道，"我说，"无论如何，战争都开始了，每个月都有越来越多的国家参与其中。"

恰登又出现了。他还是很激动，立刻就加入了谈话，他问我们战争到底是怎么爆发的。

"大多数情况下，是一个国家严重侮辱了另一个国家。"阿尔伯特带着某种优越感回答道。

但恰登脸皮很厚。"一个国家？我不理解。德国的一座山没有办法侮辱法国的一座山。一条河、一片森林或者一片田地都做不到这个。"

"你是真傻还是装傻？"克洛普抱怨道，"我不是这个意思。一个民族侮辱了另一个民族——"

"那我在这里就没什么事情要做了,"恰登回答道,"我没有觉得被侮辱。"

"我现在就应该给你解释清楚,"克洛普气愤地说,"你这个乡巴佬并不重要。"

"那我就可以马上回家了。"恰登坚持说,所有人都发出大笑。

"唉,天哪,他说的一个民族是一个整体,也就是一个国家——"穆勒喊道。

"国家,国家,"恰登鄙夷地捏着手指,"宪兵、警察、税收,这就是你们的国家。如果你是这个意思,那还有什么可说的。"

"说得对,"卡钦说,"这是你第一次说了点正确的东西,恰登,祖国和家乡实际上有区别。"

"但它们彼此相连,"克洛普深思熟虑地说道,"没有祖国,家乡就不存在。"

"对,但是你也得想想,我们几乎都是些普通人。法国那边大多数人也都是工人、手工匠人和小职员。为什么一名法国钳工或者是法国鞋匠现在要进攻我们呢?不,这只是政府行为。我来这里之前从来没见过一个法国人,大部分法国人也没见过我们。他们的意见就像我们一样,没有人问过他们的意见。"

"那么到底为什么会有战争呢?"恰登问道。

卡钦耸耸肩:"肯定有人能从战争中获益。"

"好吧,我不是这种人。"恰登咧开嘴笑。

"你不是,这里的都不是。"

"那到底是谁呢？"恰登坚持问，"皇帝也无法获利。他拥有自己所需要的一切。"

"你不能这么说，"卡钦反驳道，"他之前还没有发动过战争。每个伟大的皇帝都至少需要一场战争，否则就无法名垂青史。看看你们的学校课本。"

"将军们也会因为战争留名。"德特林说。

"比皇帝名气更大。"卡钦表示赞同。

"肯定还有其他人，在幕后发战争财。"德特林嘟哝着。

"我觉得，这更像是一种狂热，"克洛普说，"实际上没有人想要战争，但它突然就来了。我们不想要战争，对方也这么说——尽管如此，半个世界还是都参与进来了。"

"但是那边的谎言比我们多，"我反驳说，"想想战俘身上的传单，上面写着我们吃比利时小孩。写那些东西的混蛋真的应该被抓起来。这是真正的犯罪。"

穆勒站起身："不管怎么样，在这里打总比在德国本土打要好。你们看看这些弹坑！"

"这倒是，"恰登附和道，"但还是根本没有战争更好。"

他对此感到自豪，因为一年以来，他终于在争论中占了上风。他的观点在这里非常典型，总是会听到这种观点，我们还没有办法真正地做出反驳，因为我们无法谈论其他的相关因素。军人的民族情感就因为他站在这里。但这种民族情感也仅限于此，所有其他的东西他都只能出于实际，从自己的立场来判断。

克洛普愤怒地躺在草地上。"最好别谈论这些没用的事。"

"也不能改变什么。"卡钦表示赞同。

在此之外,我们必须把得到的新东西全部归还,我们又拿回了我们的旧衣服。好衣服只是为了阅兵。

*

我们没有去俄国,而是又上了前线。路上,我们经过了一片凄惨的森林,树枝被炸断,土地被掀翻,有几处留下了可怕的坑洞。"天哪,这里都要被炸穿了。"我对卡钦说。

"迫击炮。"他回答说,然后指向上方。

树枝上挂着许多死人。有一个赤裸的士兵蹲在一个三角树杈上,头上还戴着钢盔,不然他就一丝不挂了。只有一半的身体坐在上面,只有上半身,没有双腿。

"发生了什么?"我问。

"衣服都被炸掉了。"恰登嘟囔着。

卡钦说:"这很滑稽,我们已经见过几次这样的情况了。如果被迫击炮打中,所有的衣服都会被冲掉。因为气压。"

我继续搜寻。真的是这样。那里挂着破碎的制服,其他地方粘着模糊的血肉,那曾经是人类的肢体。一具尸体躺在那里,只有一条腿上还有一截内裤,脖子上套着军装外套的领子。此外,他身上什么也没有,制服挂在附近的树上。他的两条手臂都没有了,好像是被拽了下去。我在二十步开外的灌木丛中发现了其中一条。

死者脸朝下躺着。手臂伤口处的地面已经被血染黑。他脚下是被碾碎的树叶,好像这个人还挣扎了几下。

"真不好玩,卡钦。"我说。

"榴弹弹片打进腹部也一样。"他耸耸肩回答道。

"别变得软弱就行。"恰登说。

这些事情肯定刚发生不久,血迹还是新鲜的。我们看见的所有人都死了,我们也不能久留,而是应该去最近的卫生站报告。说到底,抬担架不是我们的事。

*

应当派出一个侦察队去确认敌人到底投入了多少兵力。我因为休过假,对别人怀着一种特殊的感情,就也报名一起去了。我们商定了计划,悄悄钻过了铁丝网,然后彼此分开,单独匍匐前进。不久以后,我就发现了一个很浅的弹坑,于是爬了进去,从里面向外张望。

这一带布设着中等的机枪火力。机枪从四面八方扫射,不是很猛烈,但也足以让人站不起身了。

一颗照明弹炸开了。大地僵硬地躺在惨白的光中。然后更深的黑暗再次笼罩这里。之前在战壕里,他们说我们前面有黑人部队。那很糟糕，你看不清楚他们，此外，他们也很擅长侦察。奇怪的是，他们也会经常失去理智，——卡钦和克洛普都击中过一次敌军的黑人侦察兵，因为那些人在半路上忍不住烟瘾，开始抽烟了。卡钦和阿尔伯特只需要瞄准那些闪闪发光的烟头。

一颗嘶嘶作响的小手榴弹落在了我身边。我没有听到它飞过来的声音，所以吓了一跳。就在这一瞬间，一种毫无意义的恐惧攫住了我。我独自待在这里，在黑暗中孤立无援——也许在前方的一个弹坑里，有一双眼睛已经注视了我很久，有一颗手榴弹已经准备好了要炸碎我。我试图振作起来。这不是我第一次参与侦察活动，这次也不是特别危险。但这是我休假后的第一次侦察活动，而且这一带对我来说还相当陌生。

我对自己说，我的反应是不合理的，也许在黑暗中并没有潜伏着什么东西，因为不然的话，他们就不会从这么低的角度进行射击了。

但这没有用。在一片混乱中，各种念头在我的头脑里轰鸣——我听到我母亲那警告的声音，我看到那些飘扬着山羊胡的俄国人靠在铁丝格栅上，我脑子里浮现出一个有沙发的食堂，瓦朗谢纳①的一家电影院那明亮、美丽的场景，我深受着折磨，我在自己的想象中惊恐地看到了一只无情的灰色枪口，无论我试图将头转向哪一侧，它都悄无声息地紧跟着我：我的每个毛孔都大

---

① 位于法国北部的一座城市。

汗淋漓。

我还躺在自己的那个弹坑里。我看了看表，才过去几分钟。我的额头变湿了，我的眼窝也湿润了，双手在颤抖，有点轻微的气喘。这不是别的，只是一阵可怕的恐惧发作，一种简单的、就连狗也会有的恐惧，害怕把头伸出来，害怕继续爬行。

我的紧张融成了一摊烂泥，又融成了一个愿望，希望可以一直躺在这里。我的肢体粘在地上，我做了一些徒劳的尝试，但我的肢体不肯松开。我紧紧地贴在大地上，没有办法前进了，我下了决心，就躺在那里不动。

但立刻就有一种全新的浪潮扫过了我，那是一股由羞愧、悔恨但也由安全感组成的浪潮。我抬起一点身子，往外面张望。我的双眼在燃烧，就这样在黑暗中盯着。一颗照明弹升到空中，我又缩了回去。

我在进行一场毫无意义的混乱的斗争，我想要走出弹坑，却又滑了回去，我说："你必须前进，那可是你的战友，不是什么愚蠢的命令。"然后立刻又说道："这和我有什么关系，我也只有一条命可以失去啊——"

都是因为休假，我苦涩地为自己找着借口。但是连我自己也不相信，我已经变得如此惊人地怠惰，我慢慢地抬起身子，把手臂伸到前方，背向后沉，现在有半个身子躺在了弹坑的边缘。

这时我听到了一阵响动，就缩了回去。尽管炮火喧天，我们还是能够听出可疑的响动。我听到那声响动就在我的身后。穿过

战壕走来的是我们的人。这会儿我也听到了低低的说话声。正在说话的可能就是卡钦。

一阵非同寻常的暖意再次涌上我的心头。这个声音,这几句轻悄的话语,这些我身后战壕里的脚步声一下子把我从对死亡的恐惧、从可怕的孤独中拉了出来,我险些就被恐惧战胜了。这些声音比我的生命更重要,这些声音,它们比母亲和恐惧更强大,它们是世界上最强大、最能够保护人的东西,这就是:战友的声音。

我不再是黑暗中一个孤独地颤抖着的生命了——我属于他们,他们也属于我,我们所有人都有着同样的恐惧与同样的生命,我们以这种简单而又沉重的方式紧密联系在了一起。我想把我的脸埋进这些声音里,埋进这几句话里,它们拯救了我,还将继续陪伴在我的身边。

*

我小心翼翼地从弹坑边缘滑出来,开始蜿蜒前进。我四肢着地,继续爬行了一段距离。进展很顺利,我探测着方向,环顾四周,留心记住炮火的分布图,这样可以找到回去的路。然后我试图和其他人取得联络。

我一直都怀着恐惧,但这已经是一种理性的恐惧了,可以说是一种刻意提高了的警惕心。那天晚上风很大,阴影在炮火的闪光中飘来飘去。能够看到的东西太少了，也太多了。我时常注目凝视，但总是没有什么发现。于是我走了相当远的距离，然后又绕了一圈回去。我没有和其他人取得联络。每靠近我们的战壕一米，我都更加满怀信心——尽管我也越来越急躁。如果现在错过了返回的机会，那么事情就不妙了。

这时，一种新的恐惧在我体内涌流起来。我记不清楚方向了。我静静地蹲在一个弹坑里，试图确定自己的位置。这样的事情之前也发生过不止一次，有人心满意足地跳进了一条战壕，然后才发现他跳错了地方。

过了一段时间，我又开始侧耳细听。但还是没有走对地方。弹坑的迷宫在我看来是那么错综复杂，我在激动的情绪之下根本不知道应该转向哪一边。也许我正在和我们的战壕保持平行，匍匐前进，这样我就要永远找下去了。因此我又拐了个大弯。

这些可恶的照明弹！它们好像已经燃烧了一个小时，我一动也不能动，否则四周就会立刻传来呼啸的声音。

但这也没有办法，我必须出来。我跌跌撞撞地撑着自己向前，贴着地面蟹行，双手都被尖利的弹片划伤了，这些弹片就像剃须刀一样尖锐。有时候我觉得地平线上的天空开始变亮了，但那也可能只是我的想象。我渐渐意识到，我在为我的生命而匍匐前进。

一颗手榴弹炸响了。立刻又有两颗爆炸了。进攻已经开始了。一阵炮轰，机枪嗒嗒作响。现在除了躺在原地，我什么也做不了。进攻真的已经开始了。照明弹从四处升起,从不间断。

我蜷缩着躺在一个巨大的弹坑里,双腿浸在一直漫到腹部的水里。一旦进攻开始,我就会躲到水下,把脸埋到淤泥里,尽可能不要窒息而死。我一定要装得像是个死人一样。

突然,我听到了炮火回弹的声音,立刻滑到了水下,整个钢盔都挂在脖颈上,嘴巴的高度刚好可以让我呼吸空气。

然后我保持一动不动,因为某处传来了吱呀的声响,沉重的脚步声越来越近,我所有的神经都冻结了。那个声音从我身边吱吱呀呀地走过去,走远了,第一批队伍已经过去了。我心里只迸发出一个念头:如果有人跳到你的弹坑里,那么你要怎么办?——我迅速地抽出我的小匕首,紧紧地攥着它,又用手把它重新藏在了淤泥里。如果有人跳进来,我就马上刺过去,这个念头在我的脑子里捶打着,我要立刻刺穿他的喉咙,这样他就喊不出声音了,没有别的办法,他会像我一样惊恐,我们两个都要在恐惧面前交锋,那么我一定要获胜。

这会儿,我们的炮兵开炮了,炮弹在我附近炸裂。这让我气得发狂,因为我差点被击中。我咒骂着,在淤泥里吱吱嘎嘎地咬着牙。我的怒火爆发了,但现在只能够呻吟和祈祷。手榴弹在我的耳边爆炸。如果我们的人来一次反攻,我就得救了。我把头贴在大地上,听着那宛若远处矿山爆裂的沉闷轰响——然后我再次抬起头来,倾听上方的声响。

机枪嗒嗒作响。我知道我们的铁丝网非常牢固,几乎没有受到损伤,铁丝网的一部分通着强电流。步枪火力激增。他们没有冲过来,他们不得不后退。

我再次回到弹坑里,紧张到了极点。可以听得到噼啪声、轻悄的脚步声和吱吱呀呀的声音。其中有一声刺耳的叫喊。他们遭到了射击,进攻结束了。

*

天色又稍微亮了一点。匆忙的脚步声从我身边经过。第一批脚步声,过去了。又一批脚步声。机枪的嗒嗒响动构成了一条不间断的锁链。我刚想要稍微转个身,就听到了扑通一声,一具沉重的人体掉进了我的弹坑,滑了下来,躺到了我的身上——

我不假思索,我没有犹豫——我愤怒地捅了他一刀,只能感觉到那个人体在抽搐,然后变得瘫软,倒下了。清醒过来以后,我的手已经又黏又湿。

那个人发出垂死的呼噜声。在我听来,他好像是在咆哮,每一次呼吸都好像是一次呐喊,一声雷鸣——但那只是我的血管在搏动。我想要堵住他的嘴,塞进去一块泥土,再刺他一下,他必须安静下来,他会使我暴露。但是我现在早就清醒了过来,突然变得软弱了,也就没有办法再举起手攻击他了。

所以我爬到了最远的角落里,待在那里,眼睛紧盯着他,紧握着匕首,做好准备,如果他动一动,就再一次扑向他——但是他什么也做不了了，我已经从他的呼噜声中听出来了。

我看他看得朦朦胧胧。我只有一个愿望：离开这里。如果我不能马上离开，天就亮了。现在离开已经很困难了。但是当我试图把头抬高时，我就看出来已经不可能了。机枪火力已经席卷了这一带，我还来不及跳出去，就会被打成筛子。

我用我的钢盔又试了一次，我把它摘下来，举起来，以确定射击的高度。一瞬间，它就被一颗子弹打落了。也就是说，扫射的火力是紧贴着地面的。我离敌军的阵地还不够远，我如果尝试逃离，就没有办法躲过敌军的狙击手。

光线越来越亮。我忧心如焚地等待着来自我方的进攻。我的手指关节发白，我紧紧地攥着拳头，恳求枪弹的射击停下来，恳求我战友的到来。

时间一分又一分地过去。我不敢再看弹坑里那个漆黑的剪影。我紧张地越过他张望，等待着，等待着。炮火隆隆作响，它们就像一道钢铁的网，从不间断，从不间断。

然后我瞥见自己鲜血淋漓的手，感到有点恶心。我抓起一把泥土，用它擦着皮肤，这下那只手只不过是肮脏，但是看不出鲜血了。

火力没有减弱。现在双方的炮火都一样猛烈。我们的人可能早就以为我失踪了。

*

这是一个明亮又灰暗的清早。那个人喉咙里的呼噜声还在持续。我用手指塞住耳朵,但马上又把手指拿了出来,因为这样一来,我就什么都听不见了。

对面的剪影动了动。我吓了一跳,不情愿地看了过去。随后我的眼睛就挪不开了。那是一个蓄着淡淡的胡髭的人,躺在那里,头倒向一侧,一只手臂半弯曲着,头颅无力地靠在上面。另一只手放在胸口,那里鲜血淋漓。

他死了,我告诉自己,他肯定死了,他什么都感觉不到了——现在发出呼噜声的只是他的躯体。但是他的头还在试图抬起来,呻吟声在一瞬间变得更响,然后额头又坠回了手臂上。这个人还没有死,他濒临死亡,但是他还没有死。我用双手支撑住身体,把自己挪了一点,又停下来,我一点一点向前挪着,然后等待片刻——又继续挪动,这三米的距离是一段可怕的路程,一段漫长又恐怖的路程。我终于靠近了他。

这时他睁开了眼睛。他一定还能听见我,正在满脸惊恐地盯着我。他的身体一动不动地躺着,但是眼睛里却充满可怕的逃遁力量,在一瞬间,我觉得这双眼睛有足够的力量把他的身体也一起拖走。一下子就能跑到几百公里之外。他的身体保持僵直,非常平静,现在也没有声音了,呼噜声喑哑了下来,但那双眼睛在叫喊、在咆哮,所有的生命力都在其中聚集起来,为了做出一次难以理解的努力,为了逃亡,为了表现出对死亡、对我的恐惧。

我弯了弯膝盖关节,倒了下去,用手肘支撑着自己。"不,不。"我低语着。

那双眼睛紧跟着我。只要它们还在,我就没有办法动弹一下。

这时他的手慢慢从胸口滑了下来,只滑动了一小段距离,往下滑动了几厘米,但是这个动作消解了他眼睛里的力量。我向前俯身,摇着头对他低语着:"不,不,不。"我抬起一只手,我必须让他明白,我愿意帮他,然后我抚摸着他的额头。

我伸出手的时候,那双眼睛就退缩了,它们不再咄咄逼人,睫毛垂得更低,紧张的感觉消散了。我解开他的衣领,把他的头推到了一个更舒服的位置。

他的嘴半张着,他在努力说话。他的嘴唇很干。我的军用水壶不在身边,我没有带上它。但是弹坑的淤泥下面有水。我爬了下去,拿出我的手帕,将它摊开,往下压着,用手掌舀起渗出来的浑黄的水。

他喝了下去。我又取了一些水。然后我解开他的外衣纽扣,想看看如果可以,就为他包扎一下。无论如何,我都必须这样做,这样的话,如果敌军将我俘虏了,看到我想要帮助他,也不会向我开枪了。他试图抵抗,但是他的手太软弱无力了。他的衬衫粘在了一起,没法扯到一边,纽扣在背后。所以我只能把它剪开了。

我找寻着匕首,然后找到了它。但是当我开始割开那件衬衫的时候,那双眼睛又睁开了,里面出现了呼喊与疯狂的目光,所以我必须让这双眼睛闭上,我压住他的眼睛,对他低语道:"我是真的愿意帮助你,战友,战友,战友,战友——"① 我恳切地重复着这个词,为了让他理解。

有三个伤口。我用急救包包扎了这几处,鲜血从绷带下流出来,我把它们压紧,这时他开始呻吟。

这就是我所能做的一切了。我们现在只能等待,等待。

*

这几个小时啊。——现在呼噜声又响了起来——一个人死去的过程是多么缓慢啊!因为我知道:他已经没救了。尽管我试图说服自己他会活下来,但是到了中午,这个信念就在他的呻吟中消融了、破碎了。如果我没有在匍匐前进的时候弄丢我的左轮手枪,我就会把他一枪打死。我没有办法直接刺死他。

中午,我在各种念头的边缘昏昏欲睡。饥饿在我的体内翻腾,我想吃东西想得几乎要哭了,可是我实在没有办法再继续抵抗下去了。有好几次我给那个垂死的人舀水喝,自己也喝了一些。

---

① 后三个"战友"原文为法语。

这是我用我的双手杀死的第一个人,我看得清清楚楚,他的死亡是我一手造成的。卡钦、克洛普和穆勒已经见识过这种事了,已经杀死过别人了,许多人在近身搏斗中杀过人——

但是每一次呼吸都把我的心剥离出来。这个垂死的人还有时间,他有一把无形的刀,这把刀刺伤了我:时间和我的思想。

我愿意为他做事,如果他能活下来。躺在这里,不得不看着他、听着他的声音,是一件很艰难的事情。

下午三点的时候他死了。

我松了口气,但只有片刻。很快,沉默在我看来就比呻吟的声音还要难以忍受。我甚至想要那种呼噜声再次回来,一阵又一阵,声音嘶哑,时而是轻悄的嘘气,时而嘶哑又吵闹。

我做的所有事情都毫无意义,但当时我不得不找点事做。就这样,我再一次把死者摆正位置,让他躺得更舒服一些,尽管他什么也感受不到了。我合上了他的眼睛。他的眼睛是褐色的,头发是黑色的,两侧的头发有点拳曲。

他胡髭下面的嘴饱满又柔软,鼻子有一点拱起来,皮肤泛着棕褐色,看起来不像他之前还活着的时候那么惨白了。有一瞬间,他的脸看起来几乎像一个健康人——然后突然又变得衰弱,变成一张死者的面孔,我经常看到死者的面孔,它们都大同小异。

此刻他的妻子肯定在思念他,她不知道发生了什么。他看起来会经常给她写信,她也还会收到他的信,在明天,在一周以后,也许在一个月以后还有一封之前投错的信件。她会读这封信,他会在信里和她说话。

我的状况越来越糟,我已经控制不住自己的思想了。他的妻子看起来会是什么样?就像运河对岸那个黝黑瘦削的女孩吗?她是不是并不属于我?也许这样一来,她现在就属于我了!真希望康托雷克现在就坐在我身边!真希望我的母亲看到我现在的样子。如果我把回去的路记得更清楚一些,这个人肯定还可以再活上三十年。如果他向左边又多跑了两米,那他现在就会待在对面的战壕里,给他的妻子写一封新的信件。

但是我没有再继续想下去,因为这就是我们所有人的命运。如果克梅里希的腿再往右十厘米,如果海伊再向前倾身五厘米——

*

沉默蔓延开来。我要说话,我必须说话。于是我和他说话,我对他说道:"战友,我不想杀死你。如果你再跳到这里的话,我就不会这样做了,只要你保持理性。但之前,你对我来说只是一个念头,一个活在我的头脑里的联想,你使我下定了决心——我刺死的是一个联想。现在我才看出来,你是一个和我一样的人类。我之前想的是你的手榴弹、你的刺刀和你的武器——现在我看到了你的妻子、你的面孔和我们的共同之处。原谅我吧,战友!我们都看清得太晚了。为什么人们没有反复向我们强调,你

们和我们一样,都是一些可怜的动物,你们的母亲也和我们的母亲一样焦虑,我们在死亡面前都怀着同样的恐惧,都会经历同样的死亡与同样的痛苦?原谅我吧,战友,你怎么可能是我的敌人。如果我们把这些武器和这身制服都抛到一旁,你也可以像卡钦和阿尔伯特一样成为我的兄弟。拿走我二十年的生命吧,战友,然后站起来——拿走我更多的生命吧,因为我不知道我要怎么继续活下去。"

四下一片寂静,前线只有步枪的嗒嗒声响。子弹密密麻麻,不是漫无目的地射出的,而是从四面八方瞄准的。我没有办法出去。

"我会给你的妻子写信的,"我急切地对这个死者说道,"我会给她写信的,她会从我这里知道你的消息,我会告诉她我现在讲给你的一切,她不应该忍受痛苦,我会帮助她,帮助你的父母,还有你的孩子——"

他的制服还半敞着,很容易就能够找到放着信件的皮夹。但我犹豫着要不要打开它。里面有个写着他名字的笔记本。只要我还不知道他的名字,我也许就能够把他忘掉,时间会抹平这些,抹平这幅场景。但他的名字却是一枚钉子,会戳进我的体内,再也拔不出来。它有着召回一切的力量,它会一再重返,站在我的面前。

我犹豫不决地把皮夹拿在手中。它从我手里滑落,自己打开了。几张照片和信件掉了出来。我把它们捡了起来,想要重新放回去，但我所承受的压力、完全不确定的情况、饥饿、危险以及和死者共处的这几个小时已经使我绝望，我想要快一点解脱，想要加剧并结束这种折磨，就像用一只痛得难以忍受的手去击打一棵树，完全就是这回事。

那是一个女人和一个小女孩的照片，是那种业余的摄影爱好者拍摄的长方形的照片，背景是一道布满了常春藤的墙垣。照片旁边是几封信件。我把它们抽了出来，试图阅读。大部分内容我都看不懂，字迹很难辨认，我也只懂一点法语。但我翻译出来的每一个字都像一颗打进胸膛的子弹，像一把刺进胸口的利剑——

我的头脑受到了过度的刺激。但我还是能够理解，我没有权利像我之前打算做的那样，给这些人写信。这是不可能的。我又看了一眼那张照片，她们不是什么有钱人。等我以后挣了些钱，可以匿名给她们寄点钱过去。我紧紧地抓住这一点不放，至少这是一个小小的支撑点。这位死者与我的生命联系在了一起，因此我必须做这些事情，承诺这些事情，这是为了拯救我自己。我盲目地发着誓，说我会仅仅为了他和他的家庭生活下去，——我用潮湿的嘴唇说服着他，我的内心深处还深藏着某种希望，希望我可以通过这种方式获得拯救，也许还可以从这里脱身，这是个小小的阴谋，我以后才能意识到这一点。因此我打开了那个笔记本，慢慢念道：热拉尔·杜瓦尔，印刷工。

我用死者的铅笔把他的地址写到一个信封上，然后突然之间，我把所有东西快速地塞回他的大衣里。

我杀死了印刷工热拉尔·杜瓦尔。我一定要当一个印刷工，我迷惘地想着，当一个印刷工，当一个印刷工——

*

下午，我平静了一点。我的恐惧没有根据。那个名字不再令我迷惘。恐惧的发作结束了。"战友，"我继续对那个死者说话，但我说得很冷静，"今天是你，明天是我。但是如果我走出了这个地方，战友，我就会与摧毁了我们两个的东西进行抗争：你失去了生命，而我失去了——？也是生命。我向你保证，战友。这种事情不会再发生了。"

太阳西斜了。因为疲惫和饥饿，我感到昏昏沉沉。昨天对我来说就是一团浓雾，我不再抱着离开这里的希望。于是我打了个盹，一开始没有发现黄昏已经降临，暮色正在到来。我现在觉得时间过得很快。还有一个小时。如果是在夏天，就还有三个小时。还有一个小时。

这时我突然开始颤抖，担心这段时间会发生什么。我不再想着那个死者了，他现在对我来说已经彻底无关紧要了。我的求生欲突然迸发出来，之前所想的事情都在它面前沉落。我机械地嘟囔着，但现在仅仅是为了防止不幸发生："我会坚持下去，做我向你承诺过的一切事情——"但是我已经知道了，我不会去做这些事情。

我突然想起来，如果我爬出去，我自己的战友有可能会冲我开枪，他们没有办法知道那是我。我要尽早开始喊叫，让他们认出我来。在他们有所回应之前，我会一直待在战壕里。

第一颗星出现了。前线保持着寂静。我大口呼吸着，激动地对自己说道："现在别犯傻，保罗——冷静，冷静，保罗——，然后你就得救了，保罗。"我的方法起了效果，我喊出自己的名字的时候就好像有其他人在喊我的名字，其中有着巨大的力量。

天色越来越暗。我的激动平息了，我小心翼翼地等待着，直到第一批照明弹升到空中。然后我爬出了那个弹坑。我已经忘掉了那个死者。我眼前是刚刚开始的夜晚和白光闪烁的田野。我盯紧了一个弹坑，就在光亮熄灭之前，我快速地挪了过去，继续摸索着，又跳进了下一个弹坑，弯着身子，匆匆前进。

我走近了。然后在一颗照明弹升空的时候，我看到铁丝网里面有什么东西在移动，它还没有来得及停下，我就卧倒不动了。第二颗照明弹升空的时候我又看了看，那肯定是我们战壕里的战友们。但我保持着谨慎，直到我认出了我们的钢盔。然后我开始呼喊。

立刻就响起了回应，喊着我的名字："保罗——保罗——"

我继续呼喊。那是卡钦和阿尔伯特，正抬着一张帆布找寻着我。

"你受伤了吗？"

"没有，没有——"

我们滑进了战壕。我渴望吃东西，于是就狼吞虎咽地吃了一些。穆勒给了我一支香烟。我用几句话就讲完了到底发生了什么。这本来也不是什么新鲜事，这种事情经常发生。只有夜间进攻是特别的事情。但卡钦在俄国的时候也有一次在俄国的阵地后面待了两天，然后才能突破防线回来。

关于那个死去的印刷工，我一字未提。

到了第二天早晨，我才没有办法继续隐瞒下去了。我必须给卡钦和阿尔伯特讲这件事。他们两个都安慰我："你也做不了别的事情。你还想做什么别的事情呢。你来这里就是为了这个！"

我听着他们说话，感到安全，因为待在他们的身边而感到宽慰。我在那个弹坑里所说的话都毫无意义。

"看看那边。"卡钦说。

胸墙上站着几个狙击兵。他们把装有瞄准镜的步枪架在那里，窥视着对方的阵地。时不时传来嘎嗒一声枪响。这时我们听到了呼喊。"那一下打中了吗？""难道你没有看见他跳得有多高吗？"厄尔里希下士得意扬扬地转过身来，记下了他的战绩。他今天已经打中了确切无疑的三枪，在射击纪录上排名榜首。

"这你又怎么说？"卡钦问。

我点了点头。

"如果他继续这样干下去，今天傍晚，他的纽扣孔里就会有一只彩色小鸟了。"①克洛普说道。

"或者他很快就会升任上士。"卡钦补充道。

我们面面相觑。"我不会这么做。"我说。

"不管怎么样,"卡钦说,"你现在刚好看到了这个,这也很好。"

厄尔里希下士又走上了胸墙。他的枪口来来回回地移动。

"所以你不需要因为你干的那件事情再费口舌了。"阿尔伯特点了点头。

我现在也没有办法再理解自己了。

"那只是因为,我不得不在那里和他在一起躺了很久的缘故。"我说。归根结底,战争就是战争。

厄尔里希的步枪发出短促而枯燥的嗒嗒响声。

---

① 指得到勋章。

10

我们得到了一项不错的差事。我们八个人要去守卫一个村庄,因为即将受到过于猛烈的攻击,村庄里的人已经搬空了。

我们主要是去守卫军粮库的,它还没有被搬空。我们自己也不得不从这里取补给品。这种事情我们特别在行——卡钦、阿尔伯特、穆勒、恰登、利尔、德特林,我们整个小组都在。无论如何,海伊已经去世了。但是我们还是特别幸运,因为所有其他小组的伤亡都比我们更惨重。

我们挑选了一个用混凝土加固过的地窖作为掩蔽壕,那里有一道通往外面的台阶。入口还有一道特殊的混凝土墙用来保护。

现在我们要开展一项重大工程。这是一个不仅可以伸展肢体,也可以放松灵魂的机会。这种机会我们当然要充分利用,因为如果长久地沉浸在感伤的情绪之中,我们的处境就过于令人绝望了。只有在情况还不太糟的时候才可以这么做。我们也没有什么别的办法,只能变得务实。务实到了我有时候会害怕以往的生活,也就是战前生活的一道闪念出现在脑海里,从而令我发狂的地步。但这持续的时间也不长。

我们必须尽可能轻松地看待我们的处境。因此我们利用所有的机会,直接、冷酷、毫无遮蔽地直面着愚蠢的恐惧。我们也没有什么别的办法,只能用这种方式支撑自己。即便是现在,我们也满怀着火一样的热情,试图创造一种田园般的生活,当然,是一种充满了饕餮和饱睡的田园生活。

小木屋里最开始铺的是我们从另外几栋房子里拖来的床垫。士兵的臀部也喜欢偶尔坐坐柔软的座位。只有房间中间的地板依然裸露着。然后我们就弄来了毛毯和羽绒被,都是一些豪华而又柔软的东西。这个村子里可以说是什么都有。阿尔伯特和我找到了一张可以拆卸的桃花心木大床,有着蓝色的绸缎幔帐和带有蕾丝花边刺绣的床罩。我们像猴子一样大汗淋漓地把它搬了过来,但是我们怎么可能放过这样的东西呢,更何况,它在一两天内就肯定会被炸得粉碎。

卡钦和我到那些房屋里面做了一次小规模的巡逻。很快我们就有了十二个鸡蛋和两磅相当新鲜的黄油。突然,一个客厅里传来了嘎吱一声响动,一只铁炉子呼啸着穿过墙壁,越过我们,飞到离我们一米以外,又穿过墙壁,炸出了两个孔洞。它是从对面的房子里飞来的,有一颗榴弹在那里爆炸了。"这里有猪。"卡钦咧着嘴笑道,于是我们继续找寻着。猛然间,我们竖起了耳朵,迈着大步走了过去。很快我们就像中了魔一样站在了那里:一个小猪圈里有两只活生生的小猪在跑来跑去。我们擦了擦眼睛,小心翼翼地再次看过去:它们确实还在那里。我们抓住了它们——毫无疑问,这是两只货真价实的小仔猪。

这样就有一顿豪华大餐了。我们的掩蔽壕五十米开外有一栋小房子,过去曾经用作军官的营地。厨房里有一只巨大的炉灶,有两个炉栅,还有煎锅、煮锅和水壶。万事俱全,甚至一个棚屋里还有一大堆劈成小片的木柴——这里可以说是真正的天堂了。

从早晨开始,我们中间就有两个人去了田野里,去找土豆、胡萝卜和嫩豌豆。我们已经富足起来,就开始对军粮库里的罐头不屑一顾,我们想要吃点新鲜的东西。餐厅里已经有两棵花菜了。

两头小猪已经宰杀好了。是卡钦做的。我们想要做点土豆饼来搭配烤肉。但是我们没有找到擦土豆的礤床儿。不过这个问题很快就解决了。我们用钉子在一个罐头盖子上打了许多洞眼,这就是个礤床儿了。有三个人戴上了厚厚的手套,这样在擦土豆的时候可以保护一下手指,有另外两个人给土豆削皮,他们的进展很快。

卡钦来处理猪肉、胡萝卜、豌豆和花菜。他甚至调了点白酱来搭配花菜。我来煎土豆饼,每次煎四个。十分钟以后,我发现颠一颠锅就可以把煎好一面的土豆饼高高抛起来,让它在空中翻个面,又用锅接住。小猪没有切开,整只直接烤。我们大家站在它们旁边的样子就像是在献祭。

这期间还有客人来访,我们慷慨地邀请两个电报员来吃饭。他们坐在客厅里,那里有一台钢琴。有一个人弹钢琴,另一个人唱着《威悉河上》。他唱得很有感情,但是有很重的萨克森口音。

尽管如此，当我们站在炉灶边准备所有这些佳肴的时候，这首歌还是攫住了我们的心。

随后，我们逐渐发觉，我们遭到了袭击。侦查气球发现了我们烟囱里飘出来的烟，我们开始被炮火轰炸。是那种该死的小型喷射弹，只能打出一个小洞，但是可以在低处散开。它们的呼啸声离我们越来越近了，但我们总不能把吃的东西丢下不管。炮火还在发射。有两三块弹片呼啸着，打穿了厨房的窗户。我们很快就烤完了肉。但是现在煎土豆饼的工作变得有点困难了。进攻来得那么紧密，弹片越来越频繁地噼啪撞到厨房的墙上，从窗户里穿进来。每次当我听到有东西呼啸着飞过来，我就拿着煎锅和土豆饼蹲下来，躲到窗户旁边的墙后面。然后又立刻站起来，继续煎土豆饼。

两个萨克森人停止了演奏，一块弹片飞到了钢琴里面。我们慢慢地做完了所有事情，开始组织撤退。在一轮进攻结束之后，有两个人带着装着蔬菜的锅跑到了五十米外的掩蔽壕。我们看着他们消失了。

下一轮射击到来了。所有人都蹲了下去，然后又有两个人各自拿着一大壶顶级咖啡跑开了，在再下一轮射击到来之前到达了掩蔽所。

随后，卡钦和克洛普抓起了那件杰作：那只装有棕褐色烤乳猪的平底大锅。一声吼叫，一弯膝盖，很快就跑过了五十米空旷的田野。

我还在煎我的最后四个土豆饼,有两次我不得不紧贴在地上——但我最终还是多煎了四个土豆饼,这毕竟是我最喜欢的一道菜。

然后我抓住那只堆满了高高的土豆饼的盘子,紧紧贴在房门后面。吱呀声和嘎嘣声传来,我一路小跑着,用双手将盘子紧紧压在胸前。我快跑到掩蔽处的时候,呼啸的声音增强了,我像一只鹿一样狂奔起来,绕过了水泥墙,弹片噼噼啪啪地打在那道墙上,我从地窖的台阶上摔了下去,我的手肘摔破了,但我的土豆饼一个也没有掉,盘子也没有摔碎。

两点钟左右,我们开始用餐。一直持续到六点。直到六点半的时候我们都在喝咖啡——从军粮库里拿的军官用的咖啡,然后抽军官的雪茄和香烟——也是从军粮库里拿的。六点半我们准时开始吃晚餐。十点钟左右,我们把乳猪的骨头扔到了门外。然后开始喝白兰地和朗姆酒,这也是从那个蒙受神恩的军粮库里拿的,然后又开始抽缠着商标圈的、又长又粗的雪茄。恰登宣称这里只缺少一样东西:军官妓院里的女孩。

晚上我们听到了猫叫。一只小灰猫坐在门口。我们把它引诱进来,喂了它一点东西。这又勾起了我们自己的食欲。我们嚼着东西,躺下来睡觉。

但那个晚上过得很糟糕。我们吃的油脂太多了。新鲜的小乳猪引起了肠胃的不适。掩蔽处里一直都有人进进出出。总有两三个人脱下裤子,蹲在外面咒骂着。我自己出去了九次。凌晨四点左右我们创下了一项纪录:我们所有的十一个人,卫兵和客人全都蹲在外面。

燃烧的房屋在夜晚看上去就像火炬。榴弹扑腾着飞来飞去。运送弹药的车队从街上飞快地开过。街道一侧的军粮库被炸开了。那些车队的司机不顾飞溅的弹片,一窝蜂地冲进去抢面包。我们对他们放任不管。我们如果说点什么,很可能会被他们殴打,因此没有这么做。我们解释说,我们是卫兵,因为知道这里的情况,所以会把罐头拿出来,交换我们缺少的东西。那又有什么关系呢——反正在很短的时间里,这一切都会被炸毁。我们自己也从军粮库里拿了一些巧克力,一大板一大板地吃着。卡钦说,巧克力对吃坏肚子的人很有好处。

十四天几乎就在吃吃喝喝、到处闲逛中度过了。没有人来打扰我们。村子在榴弹的轰炸之下慢慢地消失了,我们则过着幸福的生活。只要军粮库还有一部分存在,我们就觉得一切都无所谓,我们只希望能够在这里待到战争结束。

恰登已经变得非常讲究了,雪茄只抽半只。他趾高气扬地解释说,他已经习惯这么做了。卡钦也十分振奋。他每天早晨一起来就喊:"埃米尔,请您把鱼子酱和咖啡送过来。"我们都表现出了惊人的尊贵,每个人都把其他人当成自己的勤务兵,使唤他,给他布置任务。"克洛普,我的脚有点痒,请您把上面的虱子抓掉。"利尔说这句话的时候像一个女演员一样伸出他的腿,阿尔伯特就把他的腿拖到台阶上。"恰登!"——"怎么了?"——"您稍息，恰登，另外不要说怎么了，要说遵命——那么，恰登！"恰登就以《格兹·冯·贝利欣根》里的著名台词①回答他，这句话他已经可以脱口而出。

又过了八天，我们接到了调回去的命令。欢乐的日子结束了。我们坐着两辆大车离开。车里高高地堆着薄木板。但是阿尔伯特和我把我们那张有蓝色绸缎幔帐的大床堆在了上面，还有床垫和两条带有花边蕾丝刺绣的被罩。床头后面每个人都放了一袋最好的食物。我们时不时在里面摸索着，那些实在的瘦肉香肠、猪肝肠、罐头和香烟盒令我们的心为之欢呼。每个人都拿了满满一袋这样的东西。

此外，克洛普和我还抢救出了两把红色的丝绒安乐椅。它们就放在那张床上，我们坐在上面伸懒腰的样子就像是坐在剧院包厢里一样。在我们的头上，丝绸的幔帐被风吹得鼓起来，就像一顶华盖。每个人的嘴里都叼着一支长长的雪茄。我们就这样从高处俯看着这一地带。

我们中间放着一只装鹦鹉的笼子，这是我们给那只猫准备的。我们把它也带上了，它正躺在里面，面前放着一盘肉，发出呼噜呼噜的声音。

卡车在街上慢慢地驶着。我们唱着歌。在我们身后，榴弹制造的喷泉在如今已经完全荒废的村庄里此起彼伏。

---

① 歌德的戏剧作品。这句著名台词是："舔我的屁股吧！"

*

几天以后,我们被派出去帮助一个村落撤离。我们在路上遇到了逃亡的居民。他们把所有的家当都放在手推车里、婴儿车里或者是背在自己的背上。他们弯腰驼背,脸上充满了愁苦、绝望、慌张和无奈。孩子们牵着母亲的手,通常有一个稍大一点的女孩领着几个小孩子,跌跌撞撞地向前走着,不断地回过头张望。有几个孩子带着可怜的破玩偶。所有人经过我们身边的时候都默不作声。

我们依然保持着行军的纵列,法国人当然不会攻击一个还有村民居住的村庄。但几分钟后,空气就开始吼叫,大地开始颤抖,尖叫声从四下传来——一发榴弹击中了我们最后面的队伍。我们分散开来,扑倒在地,但在那一瞬间,我觉得我失去了紧张感,这种紧张感之前总是能够让我在炮火中不自觉地做出正确的行为,这种"你完了"的念头激起了一种令人窒息的可怕恐惧——在下一刻,一次打击就像鞭子一样掠过了我的左腿。我听到阿尔伯特发出了尖叫,他在我身边。

"走,起来,阿尔伯特!"我咆哮道,因为我们正无遮无拦地躺在空旷的田野上。

他跌跌撞撞地站起来奔跑着。我跟在他的身旁。我们必须翻过一道篱笆,它比我们还要高。克洛普抓住了树枝,我托住他的腿,他一声大喊,我就把他往上一抛,他翻了过去。我跟在他后面,一下就跳了过去,掉进了篱笆后面的一个池塘里。

我们的脸上沾满了浮萍和污泥,但是这个地方很隐蔽。于是我们就待在齐颈深的水里。炮弹发出吼叫的时候,我们就把头埋到水面下。

在我们这样做了十几次以后,我就受够了。阿尔伯特也开始呻吟道:"我们离开这里吧,不然我会淹死的。"

"你哪里受伤了?"我问道。

"膝盖,我是这么觉得的。"

"你能跑吗?"

"我觉得——"

"那么走吧。"

我们跑到了排水沟里,弯着腰沿着水沟跑了过去。炮火紧跟在我们身后。这条街通往军火库。如果那里爆炸了,那么我们谁都保不住脑袋了。因此我们改变了计划,开始斜穿过田野。

阿尔伯特跑得越来越慢了。"你跑吧,我会跟上来的。"他说,然后倒了下去。

我拖起他的手臂,摇晃着他。"站起来,阿尔伯特,一旦躺下来,你就再也走不动了。走吧,我扶着你。"

我们终于抵达了一个小小的掩蔽处。阿尔伯特一头栽了进去,我给他包扎伤口。子弹就打在膝盖上面一点点的位置。然后我观察自己的情况。我的裤子滴着血,手臂也是。阿尔伯特用他的急救包给我包扎伤口。他那条腿已经不能动了,我们两个都觉得很奇怪，我们到底是怎么跑到这里的。这只可能是因为恐惧，就算是我们两个的双脚都被打掉了，我们也还是可以奔跑——用我们的残肢。

我还可以爬几步路，于是叫住了一辆从我们身边开过的有栅栏的卡车，它带上了我们两个。车上已经载满了伤员。那里有一个二等兵卫生员，他给我们在胸口打了破伤风针。

我们到了战地医院，躺在了两张并排的床上。他们给了我们一碗稀薄的汤，我们贪婪而又鄙夷地全部喝了下去，因为我们虽然过惯了更好的日子，但是现在也感到了饥饿。

"现在这样可以回家了，阿尔伯特。"我说。

"但愿如此，"他回答说，"我只想知道我现在的情况怎么样。"

疼痛加剧了。绷带像火焰一样燃烧着。我们不断地喝着水，一杯又一杯。

"我中弹的地方在膝盖上方多远？"克洛普问道。

"至少有十厘米，阿尔伯特。"我回答说。实际上也许只有三厘米。

"我已经决定了，"过了片刻以后，他说道，"如果他们要把我的一条腿截掉，我就自行了断。我不想作为一个残废活在这个世界上。"

我们就这样躺着，各自怀揣着自己的心绪等待着。

*

　　傍晚我们被送到了"屠宰场"。我很害怕,立刻就开始考虑该怎么办。因为众所周知,战地医院里的医生很容易就会给出截肢的方案。在伤员数量如此庞大的情况下,截肢要比复杂的修补工作简单很多。我想起了克梅里希。我绝对不会让人给我打麻醉,就算是我不得不为此动手打一两个人。

　　事情进展得很顺利。医生捅了捅我的伤口,弄得我眼前一黑。"别再这样装腔作势了。"他骂了我几句,继续捅来捅去。医疗器械在明亮的灯光下闪烁着,像邪恶的野兽。我痛得难以忍受。两位护士抓住我的手臂,但我挣脱了其中一只手臂,想要一下打碎医生的眼镜,但他注意到了这一点,就跳开了。"给这个混蛋打麻醉!"他气愤地喊道。

　　这时我冷静了下来。"抱歉,医生先生,我会保持安静的,但是您别给我打麻醉。"

　　"那好吧。"他咯咯地笑着,又拿起了他的器械。他是个金发的年轻人,最多不过三十岁,脸上有几道伤疤,带着一副令人反感的金边眼镜。我发现他在故意刁难我,他只是翻动着我的伤口,从他的镜片上方斜睨着我。我的双手紧紧地攥住病床把手,在我死去之前,他都不会听见我一声叫喊。

　　他取出了一块弹片,把它丢给了我。显然,他对我的表现感到满意,因为表现得对我很关切,他说:"明天你就回家。"然后他给我上了石膏。当我再次回到克洛普身边的时候，我告诉他，明天可能就会有一辆战地医院的火车要出发。

"我们得和那个上士卫生员说一下，这样我们就可以待在一起了，阿尔伯特。"

我给那个上士送了两根带有商标圈的雪茄，这件事情就办成了。他闻了闻雪茄，然后问道："你还有更多的吗？"

"还有一大把，"我告诉他，"而且我的战友，"我指了指克洛普，"也有不少。我们很愿意明天从战地医院火车的窗户里一起递给您。"

他当然明白，又闻了一遍雪茄，说道："成交。"

晚上，我们一分钟也没有睡着。我们的病房里死了七个人。有一个人在呼吸开始变得困难之前，还扯着难听的高音唱了一个小时的赞美诗。还有一个人在去世之前走下病床，蜷缩在窗边。他躺在窗前，好像是要最后一次向外面张望。

*

我们的担架立在月台上。我们在等着火车。开始下雨了，火车站没有顶棚。毯子又很薄。我们已经等了两个小时。

那位上士像母亲一样照顾着我们。尽管我感觉很糟，却没有放弃我们的计划。所以我偶尔给他看看那个小包，还预付给他一支雪茄。作为感谢，上士给我们盖上了一块帆布。

"天哪，阿尔伯特，"我突然想起来，"我们那张有帷幔的床，还有那只猫——"

"还有俱乐部里用的安乐椅。"他补充道。

是啊，那两张用红丝绒做的、俱乐部里用的安乐椅。那些晚上，我们坐在上面吃着王侯一般的晚餐，还打算以后按钟点出租它们。每个小时一支香烟。它意味着一种无忧无虑的生活，也可以成为一门生意。

"阿尔伯特，"我又想了起来，"还有我们装食品的袋子。"

我们变得忧愁起来。那些东西我们原本还用得上。只要火车晚一天开，卡钦就肯定能够找到我们，把东西带给我们。

真是可恶的命运。我们的腹中装着战地医院里的面粉汤和寡淡的饭菜，而我们的袋子里装着烤猪肉罐头。但我们是那么虚弱，已经没有办法因为这种事情感到激动了。

早晨的火车进站的时候，担架已经湿透了。上士费心让我们登上了同一节车厢。车上有一群红十字会的护士。克洛普被安置在下铺。我被抬了起来，准备被送到他的上铺。

"天哪。"我突然喊道。

"怎么了？"护士问道。

我的目光投向那张床。上面铺着一条雪白的亚麻床单，难以想象的、干净的亚麻床单，甚至还有熨烫过的折痕。与之相反，我的衬衣已经有六个星期没有洗过了，非常肮脏。

"您没有办法自己爬上去吗？"护士关切地问道。

"这倒是可以，"我说道，出了一点汗，"但是请您先把这套床单拿掉。"

"为什么呢？"

我觉得自己就像一头猪。所以我应该躺下吗？"那会——"我犹豫着。

"有点脏？"她鼓励地问道，"那没有关系，反正之后我们也要清洗。"

"不，不是——"我激动地说道。我还没有习惯这种突如其来的文明。

"既然你们可以在外面的战壕里躺着，那么我们也当然可以洗一条床单。"她继续说着。

我注视着她，她看起来漂亮又年轻，打扮得干净又整洁，和这里所有的东西一样，我无法理解，为什么我不是军官也可以待在这里，我觉得有点奇怪，甚至有点紧张。

无论如何，女人都喜欢刨根问底，她强迫着我把一切都说出来。"只是——"我停了下来，她肯定已经明白了我是什么意思。

"那又是因为什么呢？"

"因为虱子。"我终于大声咆哮道。

她大声笑着。"它们也得过过好日子啊。"

现在我也觉得无所谓了。我爬上床，盖上了被子。

有一只手从被子上面摸了过去。是那个上士。他拿走了雪茄。

一个小时以后，我们才注意到车已经开了。

晚上我一直醒着。克洛普也辗转难眠。火车悄悄地沿着轨道行驶着。一切都是那么难以理解：一张床，一列火车，回家。我低语道："阿尔伯特！"

"我在——"

"你知道列车的厕所在哪里吗？"

"我觉得，是在门的右边。"

"我去看看。"一片漆黑，我摸到了床沿，想要小心翼翼地滑下去。但是我的脚没有找到立足点，我滑了下去，上着石膏的腿帮不上忙，我咔的一声倒在了地上。

"该死。"我说。

"你摔到了吗？"克洛普问道。

"你肯定能听出来，"我嘟哝道，"我的头——"

车厢后面的一扇门打开了。护士拿着一盏灯出来看了看我。

"他从床上掉了下来——"

她摸了摸我的脉搏，碰了一下我的额头。"但是您没有发烧。"

"没有——"我承认。

"那么您是做梦了？"她问道。

"差不多吧。"我推脱道。盘问又要开始了。她用她空茫的眼睛盯着我，她越是干净和美丽，我就越是说不出我想要做什么。

我又被抬到了上面。这也不错。等她走了,我就不得不马上再次试着下来。如果她是个老妇人,那么我也可以和她说明情况,但她是那么年轻,最多也就二十五岁,我什么也做不了,我没有办法向她开口。

这时阿尔伯特来帮我了,他不害羞,他什么事都说得出口。他把护士叫了过来。她转过身。"护士,他想要——"但是阿尔伯特也早就忘了该怎么体面且无可指摘地表达这件事情。我们在外面的时候只需要说一个词,但在这里,面对着这样的一位女士——他一瞬间想起了在学校里的日子,于是最终顺畅地说道:"他必须得出去一下,护士。"

"原来是这样,"护士说,"那他也不需要用上了石膏的腿爬下床。所以您到底想要什么?"她转向我。

我对这一全新的转变感到十分震惊,因为我不知道这种事情的专业术语该怎么说。护士帮了我的忙。

"小的还是大的?"

真是丢脸!我像猴子一样满脸冒汗,尴尬地说:"那么,就是,只是小的——"

无论如何,我至少达到了目的。

我得到了一个瓶子。几个小时以后,我就不再是唯一一个有需要的人了,到了早晨,我们大家都习惯了,可以毫不羞耻地提出我们到底需要什么了。

火车慢慢开动着。有时候车会停下,把死掉的人抬出去。火车经常停下。

*

阿尔伯特在发烧。我倒是没有,但是非常疼痛,更糟糕的是,石膏下面很可能有虱子。那里痒得可怕,我却没有办法挠。

我们整天都在昏睡。风景静静地从窗外掠过。第三天晚上,我们到了赫柏斯塔尔①。我从护士那里听说,因为阿尔伯特发烧了,在下一站就要把他抬下去。"这列火车要开到哪里?"我问道。

"到科隆。"

"阿尔伯特,我们待在一起。"我说,"你瞧着吧。"

护士第二次巡视的时候,我屏住呼吸,把气逼到了头上。我的脸涨红了。她站住了。"您觉得很痛吗?"

"是的,"我呻吟道,"突然开始的。"

她给了我一支体温计,然后就走了。我在卡钦那里早就学会了详细的方法。这种军用体温计不是给有经验的军人设计的。你只要让水银柱高高升上去,它就会停在真空的玻璃管里,不会再往下落了。

我把体温计夹在腋下,向下倾斜着,用食指不断地弹着它。然后我往上摇晃着它。这样我就升到了37.9度。但是这还不够。

---

① 一座位于德国与比利时边境的城市,在1816年至1919年属于德国,现属比利时。

我小心翼翼地拿出一根火柴,把它加热到了38.7度。

护士回来的时候,我气喘吁吁,有点艰难地呼吸着,用有些呆滞的眼睛盯着她,不安地挪动着,低语着:"我已经受不了了——"

她把我的名字记在了一张小纸条上。我很清楚,我的石膏绷带不会轻易被打开。

阿尔伯特和我被一起抬了下去。

*

我们躺在一座天主教医院里,在同一间病房里。幸运的是,这种天主教医院是以出色的治疗和良好的伙食闻名的。这家战地医院里住满了我们这辆火车上的人,也有很多重伤员。今天没有人来检查我们,因为医生太少了。走廊里不断有装着橡皮轮的平板车推过去,总有人直挺挺地躺在上面。那是一种可怕的姿势——那样长长地伸直着身体——只有在睡着的时候这样才是好的。

夜晚非常吵闹。没有人能够睡着。快到早晨的时候,我打了个盹,醒来的时候天已经亮了。门打开了,我听到走廊里的声音。其他人也醒了。有一个已经住了几天的人向我们解释:"这里的护士每天早晨都在走廊里祈祷。她们把这叫作早祷。为了让你们也可以得到庇佑,她们就把门打开了。"

这当然是出于好意，却让我们的骨节和脑袋都感到疼痛。

"真是荒唐，"我说道，"我们才刚刚睡着。"

"楼上这边躺的都是轻伤员，所以她们才这么做。"他回答说。

阿尔伯特呻吟着。我生气了，于是喊道："外面安静点。"

一分钟以后，一个护士过来了。她穿着白色和黑色的衣服，就像一个漂亮的咖啡壶保暖套。"请您还是把门关上吧，护士。"有人说道。

"我们在祈祷，所以开着门。"她回答说。

"但是我们还想睡觉——"

"祈祷比睡觉要好。"她带着纯洁的微笑站在那里，"而且已经七点了。"

阿尔伯特又开始呻吟。"把门关上！"我大声嚷道。

她非常吃惊，好像没有办法理解这种事。"我们也在为你们祈祷啊。"

"那也一样！把门关上！"

她消失了，没有关门。冗长的祷告又开始了。我发了狂，说道："我从现在开始数到三。如果到了三，还没有停下来，我就要扔东西了。"

"我也是。"另一个人说道。

我数到了五。然后我拿起一个瓶子，瞄准了，从门口扔进了走廊里。瓶子碎成了几千片。祈祷停止了。一群护士出现了，克制着责备我们。

"把门关上！"我们喊道。

她们离开了。之前进来过的那个小个子护士是最后一个离开的。"异教徒。"她叽叽喳喳地说道，但她还是把门关上了。我们胜利了。

*

中午，战地医院的监察员过来训斥我们。他向我们保证，继续这样做会被关禁闭，还有其他的处罚。现在医院的监察员就相当于军粮库的监察员了，或者是其他佩长剑、戴肩章的文职官员，连新兵都不会拿他们当回事。所以我们就让他随便讲。我们又能怎么样呢——

"是谁扔了那个瓶子？"他问道。

在我还没有考虑好要不要自己交代之前，就有人说道："是我！"

一个蓄着散乱的髭须的男人坐了起来。所有的人都很紧张，为什么他要承认呢？

"您？"

"当然是。我很激动，把我们全都吵醒也没有什么必要，我失去了理智，所以我不知道我在干什么。"他真是张口就来。

"您叫什么名字？"

"增援部队的后备兵约瑟夫·哈马赫。"

监察员走了。

所有的人都很好奇。"你为什么要承认说是你呢？根本也不是你啊！"

他咧嘴笑了笑。"没关系。我有一张'狩猎许可证'。"

我们当然就全懂了。如果你有"狩猎许可证"，那么你就可以为所欲为了。

"是的，"他说道，"我的头上中过一弹，然后他们就给我开了一张证明，说我有时候不能对自己的行为负责。自此以后，我就好过了。人们都不敢惹我。我也什么事都没有。他们可能已经很生气了。我自己承认说是我干的，是因为扔瓶子这件事让我觉得很有趣。如果她们明天还是把门打开，我们就继续扔。"

我们开心极了。有约瑟夫·哈马赫在我们中间，我们现在什么险都敢冒。

随后，平板车悄悄地推过来，把我们接走了。

绷带粘在了一起。我们像公牛一样咆哮着。

*

我们的病房里有八个人。伤得最重的是彼得，一个生着黑色鬈发的人——肺部受到了枪击，病情复杂。他旁边的弗兰茨·维希特手臂中了弹，起初看起来不太严重。但是在第三天晚上，他喊我们，问我们能不能帮他按下铃，他觉得自己在大出血。

我用力按着铃。夜班护士没有来。那天晚上我们已经对她提出了很多要求，因为我们都换了新的绷带，都感到疼痛。有一个人希望他的腿这样放，另一个人希望那样放，还有一个人要水，另一个人又要把枕头抖松，——那个肥胖的老女人最后愤怒地嘟哝着，关上了门。现在她可能觉得又是那一类的事情，因为她没有来。

我们等着。然后弗兰茨说："再按一次吧。"

我再次按铃。她还是没有出现。我们这一个病区在晚上只有一位值班护士，也许她刚好在其他病房里。"你确定你在出血吗，弗兰茨？"我问道，"不然的话，我们又要挨骂了。"

"都是湿的。有人可以开一下灯吗？"

这也做不到。开关在门口，没有人能够站起来。我用拇指抵住按铃，一直按到我的手都麻木了。也许那个护士睡熟了。她们也的确有许多工作要做，一天天下来都劳累过度了。此外还有固定的祈祷。

"我们要扔瓶子吗？"有"狩猎许可证"的约瑟夫·哈马赫问道。

"那还没有铃声响呢。"

门终于打开了。那个老妇人忧愁地出现了。一注意到弗兰茨的情况，她就慌张起来，喊道："为什么没有人告诉我这件事？"

"我们按了铃。这里没有人能走路。"

他流了很多的血，她对他进行了包扎。早晨，我们看到他的脸变得更尖削、更蜡黄了，他在前一天晚上看起来还几乎是完健康的。现在有一位护士经常过来了。

*

有时也会有红十字会的志愿者过来帮忙。她们都很和善，但有时候会有点不熟练。换床单的时候，她们常常会弄疼我们，然后就会感到害怕，于是就把人弄得更疼了。

修女要更可靠一些。她们知道该怎么做，但我们很希望她们能够表现得再愉快一些。有几个修女还有点幽默感，她们很了不起。会有谁不愿意给丽贝婷娜修女帮帮忙呢？这位神奇的修女让整个病区都充满了良好的气氛，甚至就算你只能远远地望见她，你也会感到高兴。这样的修女还有好几个。我们愿意为她们赴汤蹈火。我们真的不能再抱怨了，我们在这里会被修女们当作平民对待。相反，如果你想一想那种你必须规规矩矩地躺着的驻防部队的战地医院，你就会感到恐惧。

弗兰茨·维希特没有再恢复过来。有一天，他被抬走了，然后就再也没有回来。约瑟夫·哈马赫很清楚是怎么回事："我们见不到他了。他们把他送到死神病房去了。"

"死神病房是什么？"克洛普问道。

"这个么，就是垂死之人的病房——"

"那又是什么呢？"

"这一侧病区拐角处的那个小房间。如果有谁快要死了，他就

会被送到那里去。里面有两张床。我们一般叫它'临终病房'。"

"但他们为什么要这样做呢？"

"因为把人送过去以后，就省去很多工作了。这样也更方便，它就在通向停尸房的电梯旁边。也许他们这样做，是不想病房里的其他人由于同情而加重病情。如果这个人一个人待着，她们也能更好地照看他。"

"那他自己怎么办呢？"

约瑟夫耸了耸肩。"一般来说，他也注意不到这种事情了。"

"所有人都知道这种事情吗？"

"住的时间长的人当然都知道。"

*

下午，弗兰茨·维希特的床上来了新病人。一两天以后，这个新来的人又被抬走了。约瑟夫打了个意味深长的手势。我们又看到许多人来来去去。

有时候家属会来，坐在床边哭泣，或者是尴尬地轻声言语。有一个老妇人根本就不想离开，但是她也不能在这里过夜。第二天一早，她就来了，但是来得还不够早，因为她走到床边的时候，那里已经躺着另一个人了。她不得不去停尸房。她把带过来的苹果分给了我们。

小个子彼得的情况也越来越糟。他的体温记录表看起来情况很坏,有一天,一辆平板车停在了他的床边。"去哪里?"他问道。

"去包扎病房。"

他被抬了起来。但是护士犯了个错误,从衣钩上拿下了他的军装大衣,一起放在了推车上,这样她就不用跑两趟,再回来拿衣服了。彼得马上就明白是怎么回事了,想要从车上翻下来。"我要留在这里!"

她们按住了他。他用中了弹的肺轻声喊道:"我不想去临终病房。"

"我们的确是去包扎病房。"

"那你们为什么要拿上我的大衣?"他说不出更多的话了。他激动地嘶声低语着:"留在这里!"

她们没有回答,把他推了出去。在门边,他试着坐起来。他那长着黑色鬈发的头颅颤抖着,眼睛里盈着泪水。"我还会回来的!我还会回来的!"他喊道。

门关上了。我们都十分激动,但我们都保持着沉默。最终,约瑟夫开口了:"也有一些人说过这样的话。但是只要你一进去,你就真的撑不住了。"

*

我做了手术,呕吐了整整两天。医生的秘书说,我的骨头可能再也不会愈合了。另一个人的骨头长错了地方，所以又把骨头折断了。这实在太惨了。

我们这批新病人里面还有两个年轻的士兵是扁平足。那是主任医师在查房的时候发现的。"这个我们可以矫正，"他解释道，"我们会做一个小手术，然后你们就有健康的双脚了。把他们记下来，护士。"

他走了以后，无所不知的约瑟夫就警告他们："别去做这个手术！那只是因为那个老头的科学狂热病。只要他能抓住一个人，他就会发神经。他给你们做完扁平足手术，你们之后当然就没有扁平足了，因为你们会有一双畸形的脚，一辈子都要拄拐杖走路。"

"那要怎么办呢？"其中一个问道。

"就说不要！你们来这里是为了治疗你们的枪伤的，不是来治疗扁平足的！难道你们在战场上没有扁平足吗？好吧，你们看！现在你们还能跑，但是等那个老头给你们动过刀以后，你们就成了跛子。他需要的是试验品，对他来说，就像对所有医生来说一样，战争是一个'伟大的时代'。你们去看看楼下的病房，那里有十几个被他做过手术的人正在爬来爬去。有一些人从1914年或者1915年起就住在这里了，住了好几年。没有一个人走起路来比以前更好，几乎所有人都不如以前了，大部分人的腿上还打着石膏。每过半年他又把他们抓起来，重新把骨头打断，每次都说现在就会好了。听着，如果你们拒绝，他是不敢做手术的。"

"啊，天哪！"两个人中间的一个厌倦地说道，"脚受伤还是比脑袋受伤要好。你知道吗，如果你再上前线会怎么样？他们想怎么做就怎么做吧，只要我能回家就行。有一双畸形的脚总比死掉要好。"

另外一个也像我们一样年轻，他不想要这样。第二天早晨，那个老头把这两个人带到楼下劝说、责骂，直到他们同意。他们还能怎么办呢。——他们只是小兵，他可是个大人物。他们被送回来的时候上了石膏，打了麻醉。

*

阿尔伯特的情况很糟。他被送去截肢了。整条腿都被截掉了。现在他几乎不再说话了。有一次他说，只要能够再拿到自己的左轮手枪，他就开枪自尽。

来了一辆新的转运车。我们的病房里来了两个盲人。有一个是非常年轻的音乐家。护士给他送餐的时候，从来不把餐刀放在旁边，他有一次从护士手里抢过了一把刀。尽管这样小心翼翼，还是出了事。傍晚，护士在他床边给他喂饭的时候被叫走了，盘子和叉子就放在他的桌上。他摸到了叉子，抓住了它，用尽全力刺向自己的心脏，然后他抓起一只鞋子，往叉柄上尽可能狠地敲着。我们喊人来帮忙，需要三个男人才能把叉子从他身体里拔出来。那些磨钝的叉齿已经深深扎了进去。他整个晚上都在咒骂我们，没有人睡得着。早晨，他一边喊叫着，痉挛又发作了。

许多床位又空了出来。一天又一天，日子在疼痛、恐惧、呻吟和垂死的喘气中度过。死神病房现在也派不上用场了，它太小了，我们病房里的人在夜里就死去了。护士都来不及处理。

但是有一天，房门打开了，一辆平板车推了进来，苍白而瘦削的彼得直挺挺地坐在担架上，一头蓬乱的黑色鬈发，得意扬扬。丽贝婷娜护士容光焕发地把他推到原来的床位上。他从临终病房回来了。我们都以为他早就死了。

他环顾着四下："现在你们怎么说？"

甚至约瑟夫也不得不承认，这种事情他是第一次见。

*

我们中间渐渐地有几个人可以站起来了。我也得到了行走用的拐杖。但我很少用它，我穿过房间走路的时候没有办法承受阿尔伯特的目光。他一直在用一种奇怪的眼神看着我。所以我有时候溜到走廊上去——在那里我可以自由地走动。

楼下一层躺的是腹部、脊椎和头部中弹的人，还有双腿或者双臂截肢的人。右侧病区住的是下颌中弹的，得了毒气病的，鼻子、耳朵和咽喉中弹的人。左侧病区是盲人和肺部、骨盆、关节、肾脏、睾丸和胃部中弹的人。只有到了这里，你才能意识到，人的全身上下都可以受伤。

有两个人死于破伤风。他们皮肤惨白，四肢僵硬，最后只有眼睛还活着——长久地活着。有些伤员骨折的肢体被悬空吊在一个架子上面，伤口下面放了一个盆，让脓水滴进去。每过两三个小时倾倒一次容器。还有一些人被绑在床上，有一个沉重的重物吊在床边牵引。我见过肠道受伤的人，肠子里总是充满了粪便。医生的秘书还给我看了一些完全被打碎的髋骨、膝盖和肩部的照片。

人们很难理解，在这样破碎的肢体上面还有人类的脸，在这样的躯壳里还有每天都在持续着的生命。而且这还只是一所战地医院的一个病区——这样的医院在德国有数十万家，在法国和俄国也都有数十万家。如果这样的事是有可能发生的，那么所有已经书写过、已经做过、已经思考过的事情都是多么地毫无意义！如果上千年的文明无法阻止这种血流成河的场面，阻止数十万家痛苦的监牢的存在，那么一切都是无关紧要的谎言。仅仅是战地医院就能够显示出战争是什么样子了。

我很年轻，我今年二十岁，但我对生活一无所知，除了绝望、死亡和恐惧，还有与痛苦的深渊之间无意识地形成的肤浅联系。我看到了不同的民族彼此斗争，默默地、不知不觉地、愚蠢地、顺从地、无辜地杀害彼此。我看到了世界上最聪明的头脑在发明武器、遣词造句，以使这一切更加精妙和持久。我在这里或其他地方，在全世界，与我的同龄人都看到了这一切，我们这一代都与我承受着相同的命运。如果我们突然站起来，走到我们的父辈面前，要求一个解释，他们会怎么做呢？他们对我们有什么期待，如果战争结束？许多年来，我们的工作就是杀戮——这是我们有生以来的第一份职业。我们对人生的知识局限于死亡。以后还会发生什么事情？我们会变成什么样子？

*

我们病房里年纪最大的是莱万多夫斯基。他四十岁，因为严重的腹部中弹已经在医院里住了十个月。近几个星期，他终于可以弯着腰一瘸一拐地走路了。

最近几天，他一直都非常激动。他的妻子从他们在波兰的小小爱巢里给他写信，说她已经攒够了路费，可以来这里探望他了。

她现在就在路上，每天都有可能抵达。莱万多夫斯基已经茶饭不思，甚至连紫甘蓝配煎香肠也只吃两口就送给别人。他拿着那封信，不断地在房间里走来走去，每个人都已经看过那封信十几遍了，邮戳已经因为经常查看而泛白了，字迹已经因为油污和手指的触摸难以辨认了，而注定会发生的事情终于发生了：莱万多夫斯基发烧了，必须躺回床上。

他已经有两年没见过自己的妻子了。她在这期间生了个孩子，她把孩子也带来了。但是莱万多夫斯基总是在想些别的事情。他希望等他的老伴来了以后,他可以得到一次外出许可,因为很明显:能够见面已经很好了,但是如果一个男人这么久都没有见到自己的妻子,那么他肯定还想要做点别的事情。

莱万多夫斯基一连几个小时地向我们讲述这些事情,因为在军队里根本没有秘密。也没有人觉得这有什么。我们中间已经得到过外出许可的人告诉他,城里有几处无可指摘的角落,还有空地和公园,不会有人来打搅他,有一个人甚至还知道一个小房间。

但那又有什么用呢。莱万多夫斯基忧伤地躺在床上。如果他不得不错过这件事,那么整个生活对他来说就都没有什么乐趣了。我们安慰他,向他保证,我们会想个办法解决他的困扰。

次日下午,他的妻子来了,那是一个矮小、满脸皱纹的女人,小鸟一样的眼睛惊恐而急躁,穿着一件带有褶边和饰带的黑色斗篷,天知道她是从哪里继承来的这件东西。

她轻声低语着什么,羞怯地站在门口。她吓到了,因为我们这里有六个大男人。

"好吧,玛尔雅,"莱万多夫斯基说,冒着险转动喉结咽了一口唾沫,"放心进来吧,在这里,他们不会对你做什么的。"

她走了一圈,和我们每个人握了手。然后她给我们看那个孩子,在这段时间里,孩子的尿布里就已经有些东西了。她带着一个绣着珍珠的大提包,从里面拿出一块干净的尿布,给孩子换上,让孩子重新感到干爽。这样一来,她就摆脱了最初的尴尬,两个人开始交谈了。

莱万多夫斯基非常躁动,他总是非常不快地用那双凸出的圆眼睛瞥视着我们。

时机刚好,医生的查房结束了,最多还会有一位护士来病房里看一眼。因此,我们中间有一个人出去看了看——去侦察。他回来以后点了点头。"一个人都没有。现在你告诉她吧,约翰,做吧。"

两个人用他们的语言交谈着。女人的脸有些涨红了,显得有点尴尬。我们善意地咧嘴笑着,打着无所谓的手势,别去管它!让所有偏见都见鬼去吧,那属于另外的时代,这里躺着细木工人约翰·莱万多夫斯基,一个中弹致残的士兵,他的妻子就站在那里,谁知道他什么时候才能再见到她呢,他想要占有她,他也应当占有她,这就完了。

两个人站在门口,观察着护士的动向,如果她刚好路过,他们就缠住她。他们大约会在那里站一刻钟左右。

莱万多夫斯基只能侧躺着,因此有一个人拿了两个枕头垫在他的背后,阿尔伯特抱着孩子,然后我们都转过去了一点,那件黑斗篷消失在了被子下面,我们开始大声谈笑,吵吵闹闹地玩起了斯卡特牌。

一切都进行得非常顺利。我手里拿着四张黑桃和一张梅花,一圈差不多打完了。这个时候,我们几乎已经忘记了莱万多夫斯基。过了一段时间,孩子开始哭喊,尽管阿尔伯特绝望地把孩子摇来摇去。随后听到了一点吱呀和窸窣的响声,我们随便地抬起头来，看到孩子嘴里叼着奶瓶，又坐在了母亲的怀里。事情已经办完了。

我们现在觉得我们就是一个大家庭，那个女人变得相当活跃，莱万多夫斯基容光焕发，大汗淋漓地躺在那里。

他打开了那个刺绣提包，里面露出了几根上好的香肠，莱万多夫斯基像挥舞花束一样拿起一把餐刀，把肉切成了小块。他打着夸张的手势指指我们——那个矮小的、满脸皱纹的女人就依次走向我们，笑着给我们分发香肠，她现在看起来真的很漂亮。我们叫她妈妈，她很高兴，给我们把枕头拍打蓬松。

*

几个星期以后，我每天早晨都要去赞德学院①。在那里，我的一条腿被紧紧勒住做运动。我的手臂早就痊愈了。

战场上又开来了新的转运车。绷带已经不是用布做的了，而是用白色的皱纸做的。绷带布在外面变得非常短缺。

阿尔伯特的断腿恢复得很好。伤口几乎愈合了。再过几个星期，他就要去假肢病房了。他的话还是很少，比以前严肃了很多。他时常突然中断对话，开始呆滞地凝视前方。如果他没有和我们其他人在一起，他早就自杀了。现在他已经度过了最坏的时

---

① 瑞典医生古斯塔夫·赞德创立的运动医疗机构。

期。有时候他甚至会来旁观我们的牌局。

我得到了几天养伤假。

我的母亲不希望我再次离开。她是那么虚弱，比上次的情况还要糟糕很多。

然后我被团里调走，重新上了战场。

和我的朋友阿尔伯特·克洛普分别是非常艰难的。但是你在军队里也会慢慢学会这一点。

11

我们的日子已经不再按照星期计算。我来的时候是冬天,榴弹爆炸的时候,冰冻的土块几乎和弹片一样危险。现在,树木已经再次抽芽。我们的生活在前线与营房之间切换着。我们已经有点习惯了,战争就像癌症、结核病、流感与痢疾一样,只是一种死因。只是死亡的案例出现得更频繁,更多样和残酷。

我们的思想是黏土,经由岁月变迁的塑造,被捏成不同形状——我们休息的时候,它是好的;我们躺在炮火里的时候,它就死了,里里外外都布满了弹坑。

所有人都是这样,不止是我们这里——以前通行的东西,现在没有效力了,人们也无法真正地理解它们了。教养与教育上的差异几乎都被抹掉,无法辨认。有时候,在某种状况下,它们是可以利用的优势,但它们也有自己的缺陷,也就是说,它们会引发拘束感,而这正是必须克服的东西。就好像我们从前是不同国家的货币,人们把它们熔在了一起,现在都制成了同一种纹样。如果你想要看出区别,你就必须仔细检视材料。我们首先是士兵,然后才是一个个人,以一种古怪而又羞耻的方式。

这是一种伟大的兄弟情义,带有民歌里面的伙伴之情、犯人中间的团结之情和绝望之人的互助精神的光辉，它从注定死亡的境况奇特地变成了一种生活的阶段，在危险之中，来自死亡的紧张与荒芜以某种并不崇高的方式升华成了匆匆赢得当下的共同参与感。它既是英雄主义的，也是庸俗的，如果你想要评价它的价值——但是谁想要这么做呢？

正是因为这一点，恰登一听说敌人要进攻，就飞速吃完他那碗放着肥肉的青豆汤，因为他根本不知道，自己在一个小时以后是不是还活着。我们讨论了很久，这样做到底对不对。卡钦表示反对，因为他说，你必须考虑到腹部中弹的情况，在那种时候，肚子里塞满东西可比空着肚子要危险。

这些事情就是我们要面临的问题，对我们来说，这些问题十分严峻，而且不可能有解决的办法。这里的生活处在死亡的边缘，遵循着一条简单得可怕的路径，它局限在必不可少的事物上面，其他一切都沉入了麻木的睡眠，——那就是我们的原始动力与我们的救赎。如果我们不是这样的话，我们早就发疯了、逃跑了或者是死掉了。这就像是去冰冻的高寒地带探险，所有的生命活动只能服务于维持生存，而且只能强迫自己集中于这一点。所有其他的东西都是被禁止的，因为它们会不必要地消耗力量。这是唯一一种使我们获救的方法，我经常像面对陌生人一样面对着自己，每当幽静的时候，之前和平年代那不可捉摸的反光就像一面模糊的镜子，将我现在的生活映照出来，我会为之惊叹，这种名叫生活的难以形容的活力，它怎么就适应了这种形式。所有其他的外在活动都进入了冬眠状态，现在的生活只是持续的潜伏，以应对死亡的威胁，——它把我们变成了会思考的动物，为了赐予我们本能作为武器，——它让我们充满了麻木，这样我们就不会在恐惧面前崩溃，如果我们有着清楚而自觉的思想，我们反而会被恐惧压倒，——它唤起了我们体内的战友情谊，这样我们就免于坠入孤寂的深渊，——它赋予了我们野兽般的漠然，让我们在任何一刻都能感受到某种积极的因素，并将它保留下来，以应对虚无的袭击。就这样，我们过着一种封闭、艰苦而又极其肤浅的生活，只是偶尔会有一件事情闪出火花。但之后，它会意料之外地爆发出庞大而可怕的渴望之火。

那些便是危险的时刻，它们告诉我们，我们的适应仅仅是人为达成的，并不是简单的平静状态，而是为了得到平静而进入的最为紧张的状态。我们生活的形式看起来和野蛮人几乎没有什么区别，但野蛮人可以一直这样生活下去，因为他们本来就是这样，至多是通过他们的精神力量，把生活的水准努力向前推进一些，但我们的情况正相反：我们内在的力量并不致力于更新，而是致力于退化。他们是放松而自然而然的，我们却付出了最为艰巨的努力和刻意而为的力量。

我们会在晚上感到惊恐，从某个梦中醒来，被那些飞涌来的面孔的魔力所征服，在它们面前屈服，我们的支柱与将我们和黑暗分开的界限是多么脆弱——我们是微小的火焰，仅仅靠着几道薄墙，抵挡着毁灭与无意义的风暴，我们的光芒在其中扑闪，有时候几乎湮灭。然后战争沉闷的咆哮声音会变成一个环,把我们围拢在里面,我们一起爬进去,睁大眼睛凝视着夜晚。我们只能在战友的呼吸声中找到安慰,我们就这样等待着天明。

*

每一天,每一个小时,每一颗手榴弹和每一个死者都在打磨我们纤细的支柱,岁月很快就磨损了它。我看到了它是如何在我的周围渐渐地倒塌。

这时候发生了那个有关德特林的疯狂故事。

他是那种不怎么和别人来往的人。他的不幸就是在一个花园里看到了一株樱桃树。我们刚好从前线回来,那株樱桃树在我们的新营地附近,在一条路的拐角上,在微光中令我们感到惊讶。它还没有长出树叶,只是开满了白花。

傍晚,德特林不见了。他回来的时候手里拿着几枝樱桃花。我们开他的玩笑,问他是不是要去参加婚礼。他没有回答,而是把它们放到了床上。夜里,我听到他发出了声响,好像是在打包行李。我预感到了某种不幸,就走向他。他装出若无其事的样子,我对他说:"别干傻事,德特林。"

"唉,什么啊——我只是睡不着。"

"你为什么要折下那些樱桃枝?"

"我想要折樱桃枝就可以折。"他固执地答道——过了片刻,他又说:"我家里有一个种满樱桃树的大果园。樱桃树开花的时候,从放干草的阁楼上望去就像一整块床单,那么白。现在正是开花的时候。"

"也许你马上就可以休假。你这种农民还有可能会被遣返回家呢。"

他点了点头,但其实有点心不在焉。这些务农的人激动起来的时候会有一种古怪的深情,就像牛和满怀着渴望的上帝的结合,一半愚蠢,一半沉醉。为了引开他的思绪,我向他要了一块面包。他没有说什么,就给了我。这很可疑,因为他一向很吝啬。所以我一直都醒着。什么也没有发生,到了早晨,他又和往常一样了。

可能他已经察觉到了,我一直在观察着他。但尽管如此,后天早晨,他还是走了。我看到了,却没有说什么,想给他一点时间,也许他还能逃过去。已经有许多人逃到荷兰去了。

但是点名的时候,人们就发现他不在了。一个星期以后,我们听说他被战地宪兵,也就是那种卑鄙的军事警察逮捕了。他朝着德国的方向走了下去——那当然毫无出路,他的行为一开始就非常愚蠢。所有人都知道,他当逃兵,只是因为思乡和一时的迷惘。但前线后方一百公里的军事法庭又能够懂些什么呢?在那以后,我们再也没有听到过德特林的消息。

*

但是这种危险的倾向,这种被压抑的东西有时候也会以其他的方式爆发出来——就像一个加热过度的锅炉。我们再说一说贝尔格的结局就够了。

我们的战壕早就被炸毁了,我们现在有一条伸缩性的防线,因此实际上已经没有办法进行真正的阵地战了。进攻与反击来回进行,只剩下一条破碎的战线,还有与弹坑和弹坑之间的激烈战斗。前面的防线已经被突破了,到处都有小组自己建立起来的阵地,战斗在弹坑的罗网之间直接开展。

我们在一个弹坑里,英军在侧面,他们包抄我们的侧翼,快要成功抵达我们的背后了。我们被包围了起来。要投降也很不容易,浓雾和硝烟在我们头上飘扬,没有人能够分辨出来我们是不是想要投降,也许我们也不想投降,在这样的时候,你自己都说不好。我们听到手榴弹的爆炸声靠近了。我们的机关枪瞄成半圆形,在前面扫射着。冷却水已经蒸发完了,我们匆忙地传递着箱子,每个人都尿在里面,这样我们就又有水了,可以继续扫射了。但是我们后面嘎嗒嘎嗒的枪声越来越近。再过几分钟,我们就会输掉。

这时,第二把机关枪开始了短距离发射。它就架在我们旁边的弹坑里,贝尔格把它弄了过来,反攻从后方开始了,我们得到了自由,和后方也取得了联系。

之后，当我们在相当好的掩体下躺着的时候，有个送饭的人告诉我们，离这里两三百步的地方倒着一只受了伤的通讯犬。

"在哪里？"贝尔格问道。

那个人把地方描述给他。贝尔格站起来走了，想把狗带过来，或者把它打死。半年以前他还不会管这种事，那时他还很理智。我们试着拦住他。但他还是严肃认真地要过去，所以我们也只能说："你真是疯了！"然后就让他去了。因为这种在前线突然情绪失控的发作可能会很危险，如果你不立刻把那个人摔在地上，紧紧按住。而贝尔格身高一米八，是整个连队里最强壮的人。

他真的是疯了，因为他必须要穿过火力组成的墙垣，——但是这道在我们所有人头顶潜伏着的闪电击中了他，使他发了疯。其他人也发疯了，开始狂叫、奔跑，还有一个人用手、脚和嘴不断地挖土，想要钻到地里面去。

这种事情当然也有很多是装出来的，但伪装实际上也已经是个征兆了。想要打死那条狗的贝尔格骨盆上中了一枪，有人去把他抬走，在这个过程中，甚至有一个人腿肚子也中了一枪。

*

穆勒死了。有人从近处往他的腹部打了一发照明弹。他在完全清醒的状态下又活了半个小时，经历了可怕的疼痛。临死之前，他把自己装信的皮夹交给我，把他的靴子送给了我——就是他从克梅里希那里继承的那双靴子。我穿上了它们，因为它们很合适。在我死后，这双靴子将留给恰登，我已经答应他了。

尽管我们已经安葬了穆勒，他却无法在那里安眠太久。我们的战线正在后撤。那边有许多新来的英国和美国的军团。他们有许许多多的咸牛肉和白面包，还有太多的新式大炮，太多的飞机。

但我们都饿得消瘦，皮包骨头。伙食很差，掺杂了太多的代用品，我们都因此生病了。德国的工厂主都成了有钱人，痢疾则使我们的肠胃阵阵作痛。公共厕所的马桶上总是挤得满满的，——应该让还在家里的那些人来这里看看这些灰黄的、悲惨的、瘦削的面孔，看看这些蜷曲起来的身体，腹痛已经绞出了他们体内的鲜血，他们却只不过是咧着扭曲的、因为痛苦而颤抖的嘴唇笑着说："把裤子再拉起来也没什么意义——"

我们的炮兵停止开炮了——他们的炮弹太少了，炮筒也磨损了，没有办法瞄准，有时候炮弹还会散射到我们这边来。马匹也太少了。我们新来的生力军都是一些贫血的、需要好好休养的少年，连行军囊都背不动，但是已经知道怎么去送死了。这样的人有成千上万个。他们对战争一无所知，只是冲上前去，让自己被打死。光是一个飞行员，为了取乐，就把他们两个连队的人噼里啪啦都打死了，他们才刚刚从火车上下来，根本不知道怎么找掩体。

"德国肯定很快就会变得空空如也。"卡钦说。

我们不再抱着这一切还会结束的希望。我们根本没有想得那么长远。你可能中了一弹,然后就死了,你可能受了伤,然后就去了战地医院。如果你没有被截肢,那么你早晚会落到这样一位有军衔的军医手里,他纽扣孔里佩着一枚战争功勋十字章,对你说道:"什么,有一条腿短了一点?您在前线也不需要奔跑,如果您有勇气的话,这个人可以用于作战。去吧!"

卡钦讲了个故事,整个前线从孚日到佛兰德斯都在讲这个故事,——是关于一个有军衔的军医的,他念着体检名单上的名字,当一个人走到他面前的时候,他连看也不看一眼,就说:"可以用于作战。我们的前线需要士兵。"有一个装着木头腿的人走到他面前,这个军医又说:可以用于作战。——"于是,"卡钦斯基提高声音,"那个人对他说道:'我已经有了一条木头腿,但如果我再回去,被打掉了脑袋,那么我就去装一个木头脑袋,然后我就变成有军衔的军医了!'"——我们都对这个回答表示非常满意。

也许也有好医生,也许还有很多。但每一个士兵在上百次的检查中总会有一次落到这些为数众多的"英雄捕手"那里,这些人竭尽全力地把名单上的"可以用于工作"和"可以用于防卫"都变成"可以用于作战"。

有许多这样的故事,大多数故事还要苦涩得多。尽管如此,它们却与叛乱和诽谤行为毫不相干,它们只是诚挚的实事求是,因为军队里本来就有许多欺骗、不公与卑鄙行为。尽管一个团又一个团地投入越来越没有希望的战斗之中,尽管一次又一次进攻都伴随着越来越后退、越来越崩裂的防线,但这一切又算得了什么呢?

坦克已经从被嘲笑的对象变成一种重型武器。它们装着铁甲,排成长列滚滚而来,对我们来说,它们比任何东西都能具象化地展现出战争的恐怖。

我们看不到向我们发出密集炮火的大炮,敌军的进攻行列也是像我们一样的人类——但是这些坦克是机器,它们的履带就像战争本身一样无休无止,它们就是毁灭,当它们毫无知觉地滚进弹坑,然后再不可阻挡地爬到高处,那就是一队咆哮的、吞云吐雾的装甲,刀枪不入,是把死者和伤者统统碾碎的钢铁野兽。——在它们的面前,我们在我们薄薄的皮肤下面皱缩成一团,在它们的庞大的重量面前,我们的手臂变成了稻草,我们的手榴弹变成了火柴。

榴弹、毒气浪与成队的坦克——碾碎,吞噬,死亡。

痢疾、流感与伤寒——窒息,燃烧,死亡。战壕、战地医院与公共墓地——没有其他的可能性。

*

我们的连长贝尔庭克在一次进攻中阵亡了。他是最出色的前

线军官之一,在所有危急的场合都冲在最前面。在和我们作战的两年里,他从来没有负过伤,现在到了最后,终于还是出了事。我们坐在一个弹坑里,被敌人包围了。汽油的恶臭和火药的烟雾一起吹了过来。我们发现有两个人带着火焰喷射器,有一个人背上背着一只箱子,另一个人双手抓着一根软管,火焰从管子里喷射出来。如果他们逼近,到了我们这里,我们就完了,因为我们现在刚好又没有退路。

我们向他们开火。他们却逼近了,这很糟糕。贝尔庭克和我们一起躺在弹坑里。当他注意到我们没有打中那两个人,因为我们在猛烈的火力下必须十分注意掩护,他就拿起了一支步枪,爬出弹坑,躺在那里用手臂把自己撑了起来,瞄准。他开了枪——就在那一刻,有一颗子弹啪地打到了他那边,他被击中了。但他依然躺在那里,再次瞄准——他停顿了一下,然后又重新瞄准,终于又传来了一记噼啪的射击声。贝尔庭克的步枪掉到了地上,他说了一句"好",就滑了回来。两个带着火焰喷射器的人里面,后面的那个受了伤,倒了下去,软管从另一个人的手里滑了出来,火焰朝四下喷射,这个人被烧死了。

贝尔庭克的胸部中了弹。过了一段时间,又有一块弹片削掉了他的下巴。那块弹片的力量很猛,甚至还撕裂了利尔的屁股。利尔呻吟着,用手臂支撑住自己,他的血流得太快,没有人帮得上他。一两分钟以后,他就像一根流空的软管一样倒下了。他在学校里数学学得那么好,但是现在这又有什么用呢?

几个月过去了。1918年的这个夏天是流血最多、最艰难的季节。日子就像穿着金黄和碧蓝衣袍的天使,不可思议地站立在毁灭的圆环之上。这里的每个人都知道,我们已经输掉了战争。大家并不怎么谈论这件事情,我们后退着,在这次大规模的进攻之后,我们不可能再组织任何进攻了,我们没有人员,也没有弹药了。

但战争还在继续——死亡也还在继续——

1918年的夏天,我们从未像现在这么渴望过上最朴素的生活,我们营房草地上鲜红的虞美人,草茎上光滑的甲虫,晦暗阴冷的房间里温暖的傍晚,薄暮时分神秘而又幽黑的树林,星星与流水,梦境与长久的睡眠——生活,生活,生活啊!

1918年的夏天,从来没有什么像重新上前线的一瞬间那样令我们难以忍受。那些有关停战与和平的传闻传得沸沸扬扬,此起彼伏,令人激动,它们让我们的内心凌乱,使得出发上前线比任何时候都要艰难!

1918年的夏天,生活从未像忍受炮轰的时刻这么痛苦、这么恐怖,当惨白的面孔躺在污泥里,双手痉挛地抓住唯一的念头:不!不!还不能是现在!不能是在这最后一刻!

1918年的夏天,希望之风吹过烧焦的田野,此外是焦急与失望的狂热,最令人痛苦的对死亡的恐惧,还有一个无法理解的问题:为什么?为什么还不结束?为什么有关战争结束的谣言在四处传播?

*

这里有非常多的飞机,飞得都很平稳,它们追捕一个又一个的人类,就像在追捕野兔一样。一架德国飞机会引来至少五架英国和美国的飞机。战壕里一个饥饿、疲惫的德国士兵会引来五个强壮的、生气勃勃的敌军。如果德国有一块黑麦面包,那么敌方就有五十听肉罐头。我们不是被打败的,因为我们是更优秀和更有经验的士兵,我们只是被压倒性的强力压垮的、逼退的。

我们度过了几个星期的雨天——灰暗的天空,灰暗的烂泥,灰暗的死亡。一走出去,雨水就淋透了外衣和其他衣服,——在前线的日子一直都是这样。我们身上从来就没有干过。还有穿长筒靴的人把沙袋绑在上面,这样,泥水不会那么快地渗进去。步枪生锈了,制服粘住了,一切都在流动、溶解,一块滴着水的、潮湿而油腻的大地,上面有一个浑黄的池塘,里面漂着螺旋形的鲜红血痕,死者、伤者和幸存者都慢慢地在其中沉落。

暴风雨鞭笞着我们,弹片的冰雹冲破了一片灰黄,被打中的人发出孩子一般尖厉的呼叫,在晚上,支离破碎的生命艰难地呻吟,最后归于沉寂。

我们的双手变成了泥土,我们的身体变成了烂泥,我们的眼睛变成了积着雨水的池塘。我们不知道自己是不是还活着。

然后热浪就像一只水母,闷湿地坠入我们的弹坑,在这样的暮夏的一天,在一次送饭的时候,卡钦倒下了。只有我们两个人。我给他包扎伤口,胫骨似乎被打碎了。子弹打到了骨头里,卡钦绝望地呻吟着:"现在——刚好是现在——"

我安慰着他。"谁知道这场灾难还要持续多久啊!你现在反正得救了——"

伤口开始大出血。我不能把卡钦一个人留下来,我尝试着去取一副担架。我也不知道附近哪里有卫生站。

卡钦不是很重,因此我把他背在背上,和他一起回到了包扎的地方。

我们休息了两次。我背他的时候,他疼得厉害。我们不太说话。我解开了我外衣的领子,大喘着气,我大汗淋漓,脸因为背上的重量而肿了起来。尽管如此,我还是坚持要继续走,因为这一地带非常危险。

"再往前走走吧,卡钦?"

"一定要,保罗。"

"那走吧。"

我把他扶起来,他用那条没有受伤的腿站着,紧紧地倚靠在一棵树上。然后我小心翼翼地抓住他那条受伤的腿,他猛地颤抖了一下,我把那条好腿的膝盖也夹在了臂下。

我们的道路愈发艰险。时不时地会有一发榴弹,呼啸着打过来。我尽可能快速地前进，因为卡钦的伤口正在往地上一滴一滴地滴落着鲜血。我们在炮火的袭击中没有办法好好保护自己，因为我们还来不及找到掩体，炮击就停止了。

为了等待炮击停止，我们躺在一个小弹坑里。我从自己的军用水壶里倒了点茶给卡钦。我们抽了一支香烟。"好吧，卡钦，"我忧伤地说道，"我们还是要分开了。"

他沉默地看着我。

"你还记得吧，卡钦，我们是怎样征用那只鹅的？还有你是怎样把我从灾难中拯救出来的？那时候我还是一个小新兵，是第一次负伤。那时候我还哭了呢。卡钦，已经差不多三年了。"

他点了点头。

对于独自一人待下去的恐惧在我的心里升起。如果卡钦也被转运走了，那么我在这里就一个朋友也没有了。

"卡钦，无论如何，我们一定还会再见面的，如果在你回到这里之前，真正的和平就到来了，那就太好了。"

"你觉得，我的关节受了这样的伤，还会再被标记为'可以用于作战'吗？"他苦涩地问道。

"你休息一段时间就会痊愈的。关节没有任何问题。也许还可以康复。"

"再给我一支烟。"他说道。

"也许以后我们还可以一起做点什么事情，卡钦。"——我非常难过，这是不可能的，因为卡钦——卡钦，我的朋友，垂着双肩、留着稀薄而柔软的胡髭的卡钦,我对他比对任何人都了解,因为我们一起共度了这些岁月,——这是不可能的,因为也许我再也见不到卡钦了。

"不管怎样,把你家里的地址给我,卡钦。这是我的地址,我给你写下来。"

我把纸条塞进胸前的口袋。我已经是那么孤独,尽管他还坐在我的身边。为了留在他的身边,我是不是应该赶紧给自己的脚打上一枪?卡钦突然嘟哝了几声,脸色变得又青又黄。"我们继续走吧。"他吞吞吐吐地说道。

我跳了起来,热情地帮着他,我把他高高背了起来,开始奔跑,是那种稳重的、缓慢的长距离跑步,这样他的腿不会摆动得太厉害。

我的喉咙发干,眼前飞舞着红色和黑色,我顽强地跌绊着,毫不怜惜自己,终于赶到了卫生站。

在那里,我膝盖一屈,但是我还有足够的力量倒在卡钦那条好腿的那一侧。几分钟以后,我慢慢地站起来。我的双腿和双手都在剧烈地发抖,我费了一番力气才找到我的军用水壶,我想要喝一口水。我喝水的时候嘴唇也在颤抖。但是我微笑着——卡钦已经安全了。

过了片刻,我开始认出耳朵里的嘈杂的声音。

"你本来可以省点力气的。"一个卫生员说道。

我不解地望着他。

他指了指卡钦。"他已经死了。"

我不明白。"他的胫骨中了一弹。"我说道。

卫生员还站在那里。"那也一样——"

我转过身去。我的眼睛依然浑浊,汗水重新从我头上冒出来,流过了眼睑。我抹掉了汗水,仔细地看着卡钦。他静静地躺在那里。"他晕过去了。"我很快地说道。

卫生员轻轻地嘘了口气:"这种事情还是我懂得比较多。他已经死了。我敢打赌,赌什么都行。"

我摇了摇头。"不可能!十分钟前我还和他说过话。他是晕过去了。"

卡钦的手是温热的,我抓住他的肩膀,想用茶水给他擦洗一下。然后我发现我的手指已经湿了。当我把手指从他的脑后抽出来的时候,它们已经鲜血淋漓。卫生员又从牙缝里嘘了一口气:"你看——"

我根本没有注意到,在半路上,卡钦的头上中了一个弹片。上面只有一个很小的洞,那肯定是一片极小的流弹弹片。但是那也足够了。卡钦死了。

我慢慢地站起身来。

"你要不要把他的军人证和其他东西拿走?"那个二等兵卫生员问我。

我点点头,他把东西交给了我。

那个卫生员很惊讶。"可是你们不是亲属吧?"

不,我们不是亲属。不,我们不是亲属。

我在走吗?我还有脚吗?我抬起眼睛,我让它们环视四下,我也跟着我的眼睛转动,一圈,又一圈,直到我停住脚步。一切都和往常一样。只是志愿军战士斯坦尼斯劳斯·卡钦斯基已经死了。

然后我就什么也不知道了。

12

秋天了,剩下的老兵已经不多了。我们班上在这里的七个人,我是最后一个了。

每个人都在谈论和平与停战。每个人都在等待。如果又是一次失望,那么他们就会崩溃,希望是那么强烈,如果不爆发出来,就没有办法打消掉。如果没有和平,那么就会有革命。

我得到了十四天的休假,因为我吸入了一点毒气。我整天都坐在一座小花园里晒太阳。马上就要停战了,现在我也相信这一点了。然后我们就都可以回家了。

我的思想停在这里,没有继续远走。那超越一切的力量,那吸引着我、等待着我的是情感。那是对生命的渴求,是对家乡的怀恋,是鲜血,是对救赎的陶醉。但是那并没有目的。

如果我们在1916年回到家里,我们也许会因为经历过的痛苦和强大力量而掀起一场风暴。如果我们现在回到家里,我们却已经变得疲倦、衰弱,被烧毁了,失去了根基和希望。我们将再也找不到方向。

人们也不会理解我们——因为在我们之前成长起来的一代人尽管和我们一起度过了这些岁月,但他们却有自己的家庭和职业，现在会回到过去的老位置上，在那里忘掉战争，——而在我们之后成长起来的一代人会像我们以前一样，和我们彻底疏远，将我们推到一旁。对我们自己来说，我们也是多余的，我们的年龄会继续增长，有些人会适应，有些人会融入，有许多人会焦躁不安，——岁月会继续流逝，最终我们将面临毁灭。

但也许，我想到这一切，只是某种忧伤与惊愕，当我再次站在白杨树下，听着树叶的窸窣声，它们就会消散。那些使我们血液沸腾的温存，那些不确定的、惊人的、即将来到的东西，未来的成千上万张面孔，来自梦里的和书本里的旋律，对女人的欲望与陶醉，这一切不可能都已经结束了，这一切不可能都已经在炮火、绝望与军队妓院里消失了。

这里的树木闪烁着斑斓的彩色与金光，山梨的果实在树叶之间显露出鲜红，雪白的乡间公路直通向地平线，食堂像马蜂窝一样，轰响着有关和平的谣言。

我站起身来。

我十分平静。就让那些年月到来吧，它们不会再夺走我的什么东西，它们已经夺不走我的什么东西了。我是那么地孤独，那么地毫无期待，已经可以无所畏惧地面对它们了。这些年来，我所承受的生活依然看得见，摸得着。我不知道我是不是已经征服了它。但只要它还在，它就会找寻自己的出路，无论我体内的"我"说什么，无论我愿意还是不愿意。

*

  他在1918年10月倒下了,那一天,整个前线都是那么地安宁和平静,军队报告上只写了一句话:西线无战事。

  他向前倒下了,像睡着了一样倒在了大地上。当人们把他翻过来的时候,人们会发现他没有遭受太久的折磨,——他的脸上呈现出如此平静的表情,好像他对这样的结局几乎感到了心满意足。